甲状腺短編小説

オールドフレンド

命に寄り添う

山内泰介

現代書林

はじめに

四十年近く甲状腺疾患とかかわり、専門医として歩んできた経験から、甲状腺および甲状腺疾患について、広く理解を深めてもらおうと、書籍を手がけ始めた。そして、自著としては三冊目、小説という形態では初となる『若葉香る――寛解のとき』を出版したのが二〇一九年。間に、女性の一生と甲状腺とのかかわりをイラストとともに解説する『オンナたちの甲状腺』という本などをはさんで、あれから四年が過ぎた。

『オンナたちの甲状腺』は、甲状腺が、女性の暮らしと健康に、どれほど深く関係しているかをわかりやすく、現代風に解き明かすという念願の本だったのだが、実は、『若葉香る』が完成する前から、その続編の出版を考え始めていた。というのも、この、私にとっての最初の小説に登場する人物たちが、あまりにも魅力的であり、このまま彼らとの縁が途切れてしまうのは、少しもったいないと感じたからである。

『若葉香る』は、バセドウ病を発症した若葉という女性が、病気の治療を続けながら、結婚、第一子、第二子出産という人生の節目を乗り越えていくという成長記といえるが、書き進めていくうちに、バセドウ病以外の甲状腺疾患についても、拾い上げたいという想いに駆られ、事実、いくつかの構想も浮かんではいた。しかし、それを文中に組み入れることができないまま、物語は驚くほどテンポよく、思わぬ方向へ展開していった。

とりわけ、学生時代から、姉の闘病を見守ってきた主人公の弟、瀬戸孝太郎が、会社を辞めて医学部を受験し直すという終盤に至り、その特異なキャラクターとともに、医師としての彼の行く末を何としても見届けなければと、義務感すら芽生えてしまったのである。

当初は、前作同様、長編小説として、甲状腺専門医の孝太郎が成長していく姿を追いながら、彼の周辺や患者たちのエピソードとともに、甲状腺の治療現場や疾患全般について語るつもりだったが、前作出版後、突如世界をおおったコロナ禍に影響され、方針を変更するに至った。人生、何が起こるかわからない。語れるうちに、触れられるうちに、できるだけ多くの人と、自分の想いを分かち合いたい。

こうして、甲状腺医療に情熱を注ぐ孝太郎を軸に、さまざまな人々の甲状腺にまつわる物語をつづる短編小説集ができ上がった。一話完結ではあるが、各々が微妙につながり合っており、そのあたりも楽しんでいただけることと思う。

また、巻末に、拙著ではおなじみのドクター甲之介が登場し、各話でテーマとなっている甲状腺疾患および甲状腺という臓器の特徴などについて、解説を行っている。併せて参照し、甲状腺に対する知識を少しでも深めていただければ幸いである。

〈目次〉

第1話　レモン

涼子のもとに、娘の仁美から電話がかかってきたのは、土曜日の十時過ぎ、遅い朝食のしたくをしているときだった。

「なに？　こんな時間に」

いつものように、やや投げやりな口調になってしまう。ところが、仁美のほうはちょっと違って、通話口から、ふっと大人びた苦笑が漏れた。

「相変わらず愛想がないわね」

普段の仁美なら、そんな涼子の口ぶりにすぐに反発し、たまには安否確認でもしてやろうと思ったのに、迷惑そうなそのいいぐさは何だ、とか何とかでいい合いが始まり、最後はガチャンとどちらかが受話器を叩き置いて、要件が何だったかも分からずじまい。そんなのがお決ま

りだから、涼子も拍子抜けして、

「どうしたの？」

と、いつになく落ち着いて応じる気になった。

仁美は、「別に」と、それには答えず、「きょうはちょっと肌寒いけど、きのうはすごく暑かったね」だの、「こっちは夕方から雨が降るみたいよ」だの、「そっちの桜はどう？　学童の裏も結構咲いてるんじゃない？」だの、花粉が飛んで目がかゆいだの、陽気の話がほとんどの、たわいもない問いかけがしばらく続く。

適当に相槌を打ちながら、だんだん胸の鼓動が速くなるのを、涼子は感じていた。身内同士で季節の話題など、この母親に興味がないことは、娘だもの、承知のはずだ。分かっていて、そんな話を持ち出すのには理由がある。どうでもいいことは気ままに口にするくせに、いいにくいこと、いわなければならないことはできるだけ先延ばしにしたい。娘のそんな気質は、こっちも百も承知である。母親だもの。

「いま朝ごはん、食べようとしてたの」

「えっ？　いま？　ずいぶん遅いね」

「うん。きのう夜遅かったから」

涼子は昨年、小学校の教員を定年退職し、再任用職員として、自宅近くの学童保育教室に在籍している。いまは春休み中だが、新年度に向けた学習日程を手直しするため、週明けの提出に向けて、昨夜は久しぶりに根を詰めて作業に熱中してしまったのだ。

仁美も通った小学校である。話はまた飛んで、入学式はいつとか、新年度の学童は何人とか、珍しく穏やかに会話が続いて、途切れることがない。

「でも、夜中までなんて、あんまり無理しないほうがいいよ」

娘の一言に、「大丈夫」と小さく答えてから、耐えきれず切り出した。

「私のことより、あなたはどうなの？」

一瞬、沈黙が降りたあと、決心したように、

「私ね、甲状腺の病気なんだって」

「甲状腺？」

「うん。バセドウ病っていう…」


仁美の説明はごく簡潔だったので、涼子は正直、あまりピンとこなかった。会って、顔を見て話を聞けば、それも何かしらのパンフレットや、資料とか本を手元に置いてなら、うまく全容を把握できたかもしれない。しかし、耳から入る情報だけでは、どんなに聴覚を集中させても、それこそ空をつかむようなものだ。キッチンとリビングを交互にうろつきながら、目はう

つろに、ベランダの鉢植えの緑の上を行ったり来たりしている。

バセドウ病、それがどんなものなのか、重いのか軽いのか、すぐ治るのか、長くかかるのか、そもそもどんな症状で、診察に行く気になったのか、ありがたいことに、生まれてこの方、出産と虫垂炎ぐらいでしか病院に世話になったことのない涼子には、見当もつかない。途中で口をはさんで聞き返そうにも、どんどん先へ行ってしまって、わざわざ話を戻すのも気が引ける。いっそ電話じゃなくて、携帯にメールで送ってくれればいいのに、すぐにパソコンで病名を検索できるのに。ＬＩＮＥでもいいけど、そうか、娘とはつながっていないんだっけ。メールだって、せいぜい一カ月に一度。それも、ごく短い用件だけで、不愛想なものだ。

聞いている内容はそっちのけで、そんなふうに考えはあっちこっちに飛び、忙しく頭を働かせているようで、実は、大したことが浮かんでこない。どのみち冷静な判断が、いまの自分にできるかどうか、あやしいものだ。あきらめかけてダイニングの椅子に座り直したとき、

「まあ、心配しないで。命にかかわることじゃないみたいだし」

気が済んだようで、仁美は勝手に話を終わらせ、「じゃあ、また」と、電話を切りかけた。

「待って！」

思いがけず大きな声に、自分でも驚きながら、

「病院、どこだっけ？」

と涼子が尋ねた。キャビネットに並んだいくつかの写真立てが、目の端にぼんやりと映っている。

「えっ？　うちの近くのクリニックだけど、なんで？」

「一緒に行く。行っていい？」

「えっ、いや、いいよ。子どもじゃないんだし」

「行きたいの。ごめん、お願い」

こんどは仁美が事情をよく呑み込めないようだった。それでも、受診の日時を再度確認し、二人同時に受話器を下ろしたあと、涼子はしばらく同じ姿勢で、ダイニングの椅子に腰かけていた。キャビネットの写真立てにはどれも、仁美の姿が納まっている。高校の入学式の写真もある。ちょうどいまぐらいの季節だ。正門の前で、母と娘、よく似た顔で笑っている。二人で写っているのはこれだけだ。というより、これ以後の写真は一枚も飾られていない。卒業式には来なくていいと断られた。大学の入学式は日付も教えてくれなかった。

少し開けた掃き出し窓から、湿気を含んだ春の風が入ってくる。遠慮がちに揺れるレースの白いカーテン越しに、ベランダのハーブの寄せ植えが見え隠れして、その向こうに、やや背丈のあるレモンの木が見える。マンションの四階の、花曇りの空を背に、控えめな黄色の果実が二つ、三つ揺れていた。

〈こんど会うとき、持って行こう〉

家で育てたレモンだといったら、娘はきっとびっくりするだろう。酸っぱいのは大嫌いだったけど、それは子どものころの話である。仁美ももう三十歳を過ぎている。たぶん、とっくに苦手は克服しているはずだ。

それにしても、仁美の説明はそっけないものだった。血液検査をしたら、甲状腺ホルモンの数値が基準より高かったので、近くの甲状腺専門クリニックを紹介され、もう少し詳しい検査をすることになった。その程度だ。なぜ血液検査を受けたのか。会社の健診か。確かそう尋ねたが、仁美は「うん、まあ…」と、あいまいな返事だったと思う。涼子も気が動転していたから、要領を得なかったのが口惜しいが、何か症状があったのかという質問にも、同じように大した手ごたえは感じなかった。あれもこれも聞いておけばよかった。後悔ばかりが先に立つけれど、いまの段階では仁美のほうも詳しく答えようがないのかもしれない。

急いで食事を済ませ、自転車で駅前の本屋へ行き、健康書コーナーを回って甲状腺の本を二、三冊購入した。探してみると、専門医が甲状腺について書いた本が、意外に多いことを初めて知った。バセドウ病とか橋本病とか、女性に多い病気と涼子も聞いたことがあるが、女性誌の特集も組まれているほどだ。試しに「保存版」と書かれた若い女性向けの雑誌も一冊買い足して、大急ぎで帰宅し、ぱらぱらと読み始める。

甲状腺は、首の喉仏の下あたりにある臓器で、チョウチョのような形をしている。甲状腺が分泌する甲状腺ホルモンは、主に新陳代謝をつかさどり、食べ物から摂取したヨード（ヨウ素）を原料につくられ、全身の細胞組織を活性化させる働きをする。そんなこと、涼子はまったく知らなかったが、ホルモンを分泌する器官の中では最も大きく、人間が手で存在を確認できる、数少ない臓器の一つだという。

喉仏の下あたり…。本を開いたまま、少し上を向き、涼子はそっとその位置を右手で触ってみた。甲状腺に異常があると、腫れやしこりが分かると書かれているが、腫れているような感じはなく、首元の柔らかい皮膚が指に当たるだけだ。ただ、その指先に、ふっと昔の感触がよみがえった。いまのそれとはちょっと違う、首筋に感じる違和感。あれはいつだったか…。

買ってきた本を手当たり次第に取り上げて、だいたいのところを読み終え、涼子はやっと一息ついた。気付けば陽が傾きかけている。キッチンに立って、二杯目の紅茶を淹れ、再びテーブルに戻ると、付箋をつけた気になるページをもう一度読み返す。仁美は甲状腺ホルモンの数値が高めだといっていた。とすると、甲状腺機能亢進症ということか。甲状腺の働きが異常に活発化し、甲状腺ホルモンが過剰に分泌されるもので、その代表的な疾患がバセドウ病である。症状については聞かなかったが、発汗とか動悸とか、血液検査をする前に、仁美は何も気付かなかったのだろうか。

それでもう一つ、本を読んでいて気になる点があった。甲状腺ホルモンは、妊娠・出産とも大きく関係している。甲状腺ホルモンが十分にコントロールされていないと、不妊あるいは流産や早産の原因にもつながることが分かってきた。そのため、最近では、妊娠を希望する際に、甲状腺ホルモンの検査を行うことが一般的になっているという。〈もしかしたら…〉。仁美が血液検査を受けた理由は、そこにあるのかもしれない。

仁美がこの家を出てから、もうすぐ十年になる。大学時代に同級生と暮らし始め、家には寄り付かなくなった。卒業間際に学生結婚したが、それも籍を入れただけで、式も何もない。幸いというか、彼は誠実な人で、入籍はせめて卒業してからとか、式だけでもという母親の希望に沿おうとしてくれたようだが、娘のほうが断固拒否したのである。一度だけ、彼の両親が上京し、挨拶に来られた際に引き合わされたが、大学院に進む息子に代わって、早々と大手企業に就職を決め、家計を支えてくれるという嫁に、彼の両親はひたすら感激するばかりで、母親の涼子は、ただ頭を下げられていただけだ。

以来、母と娘が会うのはせいぜい一年に一度。涼子の夫であり、仁美の父、功の命日に限られていた。それも、婿の尚人の計らいによる。功の十三回忌に、ごく内輪の親戚筋で法要を済ませた帰り際、「命日は毎年、三人で食事でもしませんか」と、思いがけない提案をされたのだ。翌年から、命日が近くなると決まって、尚人から連絡が入り、予約された店に赴いて食事をするようになった。わずか二時間ほどだが、母娘にとっては、それが互いの顔を見ながら近況を確認する唯一の手立てになっている。

そんな妙な、一種いびつな関係なものだから、涼子ぐらいの年齢の親にとって、おそらく最大の関心事であろう孫の話は、これまでも一切出ることはなかった。去年のその日も同様で、違っていたのは、涼子の退職の日に、予告もなく届いた花のお礼をきっかけに、ちょっと話が弾んだ程度のものだった。それでも、二人が変わらず仲良くやっているのを見るだけで、涼子は安堵したものだ。ただ、帰り道はここ数年、毎回同じことが頭をめぐる。婿も無事、専門分野の研究所に就職できたようだし、仁美の仕事も順調で、忙しそうだ。でも、涼子もいい年齢だし、そろそろ子どもの話は出ないのだろうか。それともずっと二人で暮らすつもりなんだろうか…。会っているときは口にできなかったことが、次から次に浮かんでくるのだ。

〈もしかして…〉

涼子の中で、期待とも希望とも、あるいは戸惑いともつかない感情が、じんわりと湧いてきた。もちろん病気のことは心配だ。しかし、もし、仁美が血液検査を受けた理由が、妊娠を期してのことだったとしたら、二人がそれを決心したのだとしたら、自分は何をおいてもサポートしたい。そんなことは、いまの母娘関係では望むべくもないけれど。

教えられたクリニックは、涼子のマンションの最寄り駅から二つ私鉄を乗り換えた新興住宅地にあった。もちろん涼子は行ったことがないが、仁美たちの住まいの隣駅だという。十時の予約と聞いて、かなり時間に余裕をもって出たのだが、乗り換えなどに手間取り、ギリギリになってしまった。初めて降りた駅から迷い迷い歩いて、やっとクリニックのエントランスにたどり着くと、仁美はちょうど名前を呼ばれたところで、涼子に気付き、ちらっと目を見合わせたが、すぐに診察室に入っていってしまった。

着いた早々、置いてきぼりにされた涼子は、待合室の隅のソファに腰かけ、近くのラックにあった雑誌を手に取り、所在なく広げてみたりする。診察は予約が中心のようで、吹き抜け窓から明るい陽の注ぐ空間には、ほんの数人がいるだけだ。その中で、どのくらい待てばいいのか見当もつかず、急に自分が何とも場違いなところにいるような気がしてきたときだった。

「定期健診ですか？」

顔を上げると、隣の席の女性がこちらを見ている。涼子よりやや年上か、きれいなウェーブのかかった銀髪に、淡いブルーのカーディガンがよく似合っている。

「いえ、付き添いで」

「そうですか。どなたの？」

「娘です。あの、初めてで」

「ああ、紹介でいらしたのね。私は前の病院からだから、三年、四年…？」

指を折って数えようとして、涼子の驚いた表情に気付き、

「いまはもう、半年に一度だけですけどね」

といって、いたずらっぽく「うふふ」と笑った。

「いい先生ですよ」

もっと詳しく話を聞きたい。でも、何から聞けばいいか分からない。そんな涼子の気持ちを知ってか知らずか、女性の穏やかな問わず語りは続く。「前はね、もっと遠くの総合病院に勤務してらしたの」「それからここに開業されて」「近くなって、ほんと、よかったわ」。そのうちに、女性は受付に名を呼ばれて立ち上がった。すがる思いで、涼子の視線がその背中を追う。と、会計を済ませた彼女は、帰り際に再びこちらへ近寄ってきて、

「お嬢さん、先生に任せておけばきっと大丈夫よ」

そう付け加え、にっこり微笑んで、「では、また」と、去っていった。

仁美は三十分ほどして診察室から出てきた。問診のあと、超音波検査と採血を行い、血液検査の結果は一時間ほどで出るという。どこかで時間を潰さなければならないが、

「どうする？　どこかでお茶でもする？」

「うん」

クリニックのすぐ裏手にある公園に面した喫茶店に落ち着き、涼子はさっそくきょうの遅刻を詫びた。「何の役にも立たなくて…」。仁美はすぐにそれには答えず、メニューを開き、

「コーヒーでいい？　あ、紅茶か。ハーブティーもあるよ」

と飲み物のページをこちらへ向けた。昔ながらの珈琲専門店のようで、コーヒーも紅茶も種類が揃っている。その中から、涼子はダージリンティーを、仁美は本日のおすすめコーヒーとあるグァテマラを注文したあと、いたずらっぽい目をこちらに向けて、

「乗り換え、迷ったんでしょ。昔から電車、苦手だったもんね」

といった。正面から見る娘の顔は、一年も経っていないのに、その訳知りな物言いも手伝って、妙に大人びている。去年より少しやせたようだが、肌はむしろつやつやとして、やつれたようには見えない。コーヒーと紅茶が運ばれてきて、涼子が尋ねるまでもなく、仁美はこれまでの経緯を話し始めた。会社の一般的な健康診断は毎年受けているが、今年は三年周期で行う半日ドックの年にあたる。大企業らしく健診先として契約している病院も多く、その中から、思うところがあって婦人科のある施設を選んだ。そうして、検査の結果、気になる数値が何点か見つかった。

「どこが？」

分かりもしないのに、涼子が尋ねると、

「えっと、肝機能と、甲状腺ホルモンの数値が高くて、クレアチニンキナーゼ、だったか、それが低い」

と、素直に答える。

「あと、コレステロール値も低い」

「低い…？」

「うん、結構食べるんだけどね」

やはり思ったとおり、数値のことをいわれても、よく意味が分からない。しばらく沈黙が降りたあと、こんどは涼子のほうから尋ねてみる。

「何か、思い当たるような、症状はあったの？」

「うーん。別に。ただ、ちょっとイライラしたり、眠れなかったり、変に落ち込んだり、そういうのはあったかな。それと、疲れがとれない。あと、やたら汗をかく」

「……」

「きょう先生に聞いたら、それもコウジョウセンキノウコウシンショウの症状なんだって」

コーヒーを一口飲み、少し首を傾げ、呟くようにいう。

「アイスコーヒーにすればよかったかな。ここの、アイスも美味しいんだ」

「…よく来るの？」

「たまにね。尚人と二人で。この先に図書館があるのよ」

コウジョウセンキノウコウシンショウ。先日読んだ本にあった。甲状腺機能亢進症。やっぱりバセドウ病というものなんだろうか。あれだけ知識を詰め込んだつもりでも、いざとなるとまったく用をなさない。話すこともなくなり、二人黙ってしまう。十年のブランクは、母と娘をこんなふうに引き離してしまうのか。いや、もしかしたらそのずっと前から、二人の間には大きな気持ちの隔たりが、越えることのできない溝が、できてしまっていたのかもしれない。

「そろそろ時間だね」

と、仁美が立ち上がった、

「どうする？　一緒に戻る？」

「うん…」

涼子は心細げにうなずいた。

クリニックに着いたと同時に、看護師が小走りに近付いてきて、「おかえりなさい。検査の結果が出ましたよ」といい、その声に導かれて仁美が診察室へと向かう。後ろ姿を見送りながら、再び待合室の隅の席まで歩こうとした涼子は、思いがけない言葉に呼びとめられた。

「お母さまもご一緒にどうぞ」

看護師に招き入れられ、診察室に入ると、ちょうど医師からの説明が始まるところだった。丸椅子に座った仁美は、涼子のほうなど振り向きもせず、パソコンの画面に見入っている。

「やはり、バセドウ病ですね」
四十二、三歳といったところか。背筋のピンと伸びた、細身ながら精悍な体躯のわりに、物腰やわらかく穏やかな印象を与える医師は、よく通る声で話す。甲状腺ホルモンは基本的に、ＦＴ$_3$、ＦＴ$_4$と二種類あるが、そのいずれも高い数値を示している。その一方で、甲状腺ホルモンを調整する役割をする甲状腺刺激ホルモン（ＴＳＨ）のほうは低下している。このことから、甲状腺中毒症であることが分かる。さらに、バセドウ病の原因物質とされる抗ＴＳＨ受容体抗体（ＴＲＡｂ）の値も高い。したがって、甲状腺機能亢進症であるバセドウ病と診断される。そのほかの検査数値も、それを裏付けるものが何点かあるという。
涼子は仁美から少し離れ、斜め後ろあたりに用意された椅子に座っていた。医師のていねいな解説を聞くうち、本を読んで予習していた事柄が少しずつよみがえってくる。甲状腺の病気の多くは、いわゆる自己免疫疾患である。自分自身の体内にもともとあるものを異物と見なし、抗体をつくって攻撃してしまう。自分の体を守るために備えられたしくみが、どこで間違ったのか、自分を傷付ける側に回る不思議。攻撃するのも自分、されるのも自分なのだ。本のページを懸命に繰りながら、その部分だけは鮮明に、涼子の脳裏に焼き付いた。

病気の説明がひととおり終わったところで、医師が涼子のほうへ視線を向け、「あ、お母さんにも見ていただこう。いいですよね」と、目で仁美に了解を求めてから、パソコンのマウスをクリックする。レントゲン写真のような黒いモニター画像が映し出された。涼子も思わず身を乗り出して、画面に近寄った。

「先ほど撮ったお嬢さんの甲状腺の超音波画像です」

医師が気管の位置を人差し指で示す。確かに甲状腺は、本に書いてあったとおり、その気管をまたいで左右に羽を広げたチョウチョのような形をしている。「通常はこのくらいの大きさですが」と、その上に指でひと回り小さく楕円を描いて見せ、「少し大きくなっています」。

画面を切り替え、人懐っこい笑みを浮かべ、

「まずは、甲状腺ホルモンの数値を正常に近付けることが大事なんです」

二人を同時に励ますようにそういい、同じ表情のまま、涼子に向かって声をかけた。

「お母さんは、お変わりないですか？」

とっさに意味が分からず、涼子はビクッとして顔を上げた。仁美は身じろぎもせず、母親の表情をうかがうように見つめている。

「私は…」

ほんの数秒が、とてつもなく長く感じる。

「私は…」

医師は破顔して、

「失礼しました。この病気の遺伝性は、確認されてはいないのですが、ご家族の病歴についても、一応お尋ねしているんですよ」

話はそのまま、今後の治療方針へと移った。正直なところ、涼子は頭がボーッとして、あまりよく覚えていないのだが、まずは内服治療で甲状腺ホルモンを正常化させるという。最初のうちは内服薬が合うか合わないかを調べるために、確か二週間ごとに通院し、三カ月間副作用がなければ、その後は一カ月おきの診察になる。さっき出会った年配の女性は、半年に一度、診察を受けているといっていた。治ったということではないのだろうか。そんなことをぼんやりと考えていると、突然、医師の言葉が耳に飛び込んできた。

「妊娠を希望されているんですよね」

驚いて顔を上げると、間髪を入れず、仁美が答える。

「はい」

「では、それに向けて万端の準備を進めていきましょう」

妙に力のこもったいい方だった。例のとびきりの笑顔である。白衣の名札には『瀬戸』とあった。涼子は訳も分からないまま、一言も発せられずに、その瀬戸先生と、決意に満ちた仁美の顔を、交互に見ていた。

診察が終わり、会計を済ませて外に出るころには、もう午後一時を過ぎていた。昼食に誘われるかと思ったが、仁美のほうから先に、あっさりと駅までと念を押された。三時に会議があるので、午後から出社するという。そのほうがいい。涼子も二人でランチする気には、とてもなれない。

「さっきの話だけど…」

駅までの道を並んで歩きながら、涼子が切り出そうとすると、

「その話は、またこんど」

と、さえぎってから、

「もう、やめたの。意地張るのは」

「意地？」

「それより、自分は、検査とかしたことないの？」

「うん…」

「ないの？　思い当たるフシがあったんじゃない？　きょうの話」

「うん…。毎年、健康診断は受けてたけど」

「婦人科は？」

「あなたを産んだときだけ」

仁美は、呆れたふうに大きな嘆息をついてから、

「まあね、忙しかったからね」と、気を取り直し、

「一度、ちゃんと検査したほうがいいと思う」

といい残し、急いで駅の改札口へ向かう。涼子とは逆方向だ。ふと思い出し、あわてて呼びとめ、バッグから紙袋を取り出して娘に渡す。

「これ、きょう穫れたの、ベランダで」

「なに？」と袋を開けて覗き込み、小ぶりのレモンを一つ取り上げる。

「えっ？　つくったの？　自分で？　三つもあるじゃない」

袋に鼻を近付け、目をつぶり、大きく息を吸って嗅いでみせる。「いい匂い」。

それから、「用意がいいじゃん」と一言うそぶいて、レモンを手にしたまま駆けていった。いたずらっぽい笑顔、皮肉の利いた口ぶり。あの子、ちっとも変わっていない。中学のころから。変わったのは母親の私だ。

いつからか、母と娘は、顔を合わせれば、口ゲンカばかりするようになっていた。涼子には、娘のすることが、ことごとく苛立ちの対象だった。周囲には、素直ないい子、賢くて人の話をよく聞く子といわれていたが、母親から見ると、優柔不断で判断の甘い、それでいて生意気な、かわいげのない娘としか思えなかった。

仁美のほうもそうだろう。やることなすことケチをつける母親がうっとうしくて仕方がなかったはずだ。イライラの矛先はぜんぶ自分に向けられる。少しでも返答を先送りにすると、サボっていると責め立てる。文句をいい出すと、娘がへこむまで攻撃をやめない。何が生徒思いの優しい先生だ。家に帰ればただのヒステリーばばあだ……。

やがて、娘は母親への反発を爆発させ、グレないまでも、家に寄り付かなくなり、彼氏をつくって、さっさと出て行ってしまった。ちょうど、学級崩壊という言葉が出始めたころで、涼子の勤める小学校も、モンスターペアレントや陰湿なイジメへの対応に追われる日々だった。職場では何とか平静を保っていたつもりでも、そのほころびを家で繕うことはできなかった。すべてのしわ寄せをこうむったのが、娘の仁美だったのだ。

思えば、五十歳を目前にくも膜下出血であっけなく逝ってしまった夫は、涼子の行き過ぎがちな行動を、やんわり抑制するストッパーみたいな存在でもあった。即決を避け、皮肉や笑いで拙速をとがめる。そんな仁美の気質は、父親譲りかもしれない。何だっけ、甲状腺ホルモンの解説にあった、ネガティブフィードバックシステム？　ホルモンが過剰にならないように、二重にも三重にも仕掛けられた絶妙なシステムとか…。

帰宅までの道中、涼子は、あの瀬戸医師の問いかけを何度も思い返していた。

甲状腺疾患は、症状が多岐にわたるうえ、ほかの病気とも似通った面があるため、診断がつきにくいこともあるという。長い間気付かずに過ごしてしまう例もみられるらしい。あのころのイライラが、もし甲状腺の病気のせいだったとしたら…。涼子の中で、ずっと埋められずにいたジグソーパズルのピースが、パチンと音を立ててハマったような。あるいは、オセロのように、あのころの自分の姿が、そして、その自分と真剣に向き合ってくれていた娘の強さと優しさが、パタパタと違う色合いに変わっていくような気がした。

「お母さんは、お変わりないですか？」

遅すぎるかもしれない。でも、まだ間に合うかもしれない。まず、検査を受けてみよう。ちょっと遠出だけれど、瀬戸先生のところで。仁美と会う口実もできることだし。

第2話

康子さんのセーフティ・ネット

　バスを降りて自宅まで歩く数分の間に、康子の額にはうっすらと汗がにじんでいた。三月の初旬というのに、薄手のカーディガンを思わず脱ぎたくなるような陽気だ。クリニックと自宅はドアトゥドアで片道せいぜい四十分ほどだが、季節外れの暑さに体が馴れていないせいか、ちょっとバテ気味である。

　カギを開けて玄関を入ると同時に、居間のほうからピーッという電子音が聴こえてきてドキッとした。速足で向かうと、サイドボードの上の真新しい器械から、ジジジジ…と音をたてながら、一枚のファックスが出てきたところだ。「祝・ご生還」。Ａ４の用紙に太マジックでデカデカとそれだけ書いてある。雑に囲んだ丸の中に拓の一字。三男の拓巳からだ。用紙を取り上げ、ダイニングテーブルの席に腰かけて、フーッと大きな一息をつく。仕事場からでも送ってきたのか、まったく、三十も半ばになるくせに、何でも茶化して一捻りしたがる天邪鬼の三男坊らしい。無骨だけれど愛嬌のある字は、それも彼なりの安堵の表現か。

甲状腺クリニックを出て、帰りのバスに乗り込むのを見計らったように、次男の健二が寄越したメールには、とりあえずの返信をしておいた。おおかた兄弟に連絡網が回ったのだろう。長男の浩一は、たぶん夜になったら電話をかけてくるはずだ。似ているようでも息子たちは三者三様、母親との距離も接し方も違う。同じように育てたつもりなのに不思議なものだ。ふと笑みがこぼれ、康子自身も人心地ついていることに気が付いた。年に二回の受診がすっかり習慣化しているとはいえ、やはりどこかで気持ちが張り詰めていたのかもしれない。

康子が甲状腺の治療を始めてから、もうずいぶん年月が経つ。ということは、きょう行ってきた甲状腺クリニックの瀬戸院長とも、それだけ長い付き合いということだ。確か還暦を迎えてすぐのころだった。子育ても済んで、息子たちもそれぞれ独立して夫婦二人暮らしになり、康子は趣味の合唱や俳句教室に、充実した日々を過ごしていたが、ある日、喉仏のあたりに小さなしこりができていることに気付いた。ほかには何の症状もない。長男に子どもが生まれ、実家の遠い嫁を手伝い、張り切って初孫の世話をしていたくらいだから、体力にも自信があった。健康への不安などまったくなかったと思う。

　数カ月経っても、しこりは大きくもならず、痛みもないので、そのまま放っておいた。家族に打ち明けることもなかった。ただ、やはり気になるのか、自分でも半ば無意識に、何度か首元に手をやることがあったらしい。その動作に最初に気付いたのは、長男の嫁の有紀だった。長男夫婦は結婚当初から、車で十分ほどの距離にあるマンションに住んでおり、有紀の産休中、康子は三日と置かず長男宅を訪ね、あれこれ家事や育児の面倒を見ていた。康子も有紀も、そう社交的というわけではないが、根はざっくばらんな性格で、お互いに共通の話題を見つけると話が予想以上に弾む。ひととおり用を済ませてから、待ち構えたように各々の話題を持ち寄り、おしゃべりに花を咲かせ、適当な頃合いに、康子の夫の春樹が車で迎えに来て、「じゃあ、また」と帰る。そんな日々が続く中で、嫁と姑はすっかり打ち解け、本当の母娘のように、何でも話せる仲になっていた。

　その日も有紀の運転で、新しくできたショッピングモールに出かけた。そろそろ産休明けも近く、何かと買い揃えるものも多いのでと、嫁の誘いはやや申し訳なさそうだったが、康子のほうはむしろウキウキである。三人息子の母親が経験できなかった母娘三代の買い物の楽しさを存分に味わい、帰りにマンションに寄って、孫が寝付くまでひと休みしながら、止まらないおしゃべりを続けていたところ、ふいに有紀が話を止めて、

「お義母さん、首のところ、何か気になるんですか?」と聞く。

「えっ？　どうして？」

「よく触ってるみたいだから」

「そう？　何かね、しこりみたいなものがあるの。痛くも何ともないんだけど」

「ちょっと触ってもいいですか？」

いうが早いか有紀は右手を上げ、三本の指でそっと康子の首元に触れた。遠慮がちに見えて、有無をいわさぬしぐさ、表情は真剣だった。

「どう？」

「動かないで」

有紀は、ぎゅっと唇を結び、指の腹で注意深く喉仏のあたりを何度かなでたあと、

「確かにちょっと硬いですね」

とつぶやくようにいった。そして、眉根を寄せたまま、小さな声で、

「甲状腺かもしれない」

「えっ？」

「一度診てもらったほうがいいですね。えっと、最初は耳鼻咽喉科かな…」

それからの有紀の対応は迅速かつ的確だった。すぐに夫である長男にメールを送って早めの帰宅を命じ、義父の春樹を呼び付けて、二人を待つ間に、翌日、近くの耳鼻科へ行く段取りを

つけた。いつにないきびきびとした嫁のふるまいに、康子夫婦も長男の浩一も、従うのがやっとという状態だったが、同時に頼もしく感じたものである。

翌日、有紀も付き添うといってくれたが、乳飲み子もいることだしと康子はやんわり断った。夫の春樹もそわそわするばかりで頼りにならないから、前日よりも気温が高く、初夏を思わせるような日差しの中、駅前のメディカルビルにある耳鼻咽喉科に、康子は一人で自転車を走らせた。しかし、その後の数週間のことを、実は当人もあまりよく覚えていない。いや、もう十年近く前の話だから当然か。耳鼻咽喉科の超音波検査で甲状腺に結節が認められ、市内の総合病院を紹介されて、内分泌外科という聞き慣れない科で詳しい検査を受けたところ、康子は悪性腫瘍である乳頭がんと診断されたのだった。

甲状腺腫瘍は、触診で比較的判断しやすいという数少ない腫瘍の一つである。有紀の機敏な判断は的中していたわけだが、専門医であれば、悪性か良性かもある程度分かるそうだ。良性の場合、弾性に富み、表面が滑らかで、唾液を飲んで気管が動いても、指で押して止めておくことができる。それに対して、悪性腫瘍は硬く、表面がデコボコしており、気管に癒着していることも多いため、あまり動かないという特徴がある。

有紀は学生時代、親友がバセドウ病を発症し、甲状腺疾患についてひととおり調べたことがあるという話をあとで聞き、道理でと、康子は得心した。

「その友達に、首のところを触らせてもらったことがあるんです。お義母さんも同じように腫れているみたいだったから」

病名までは分からないまでも、臆せずに患部を確認し、不調を予知して受診を促す決断力と判断力、手際のよさ。甲状腺の疾患は圧倒的に女性のほうが多いというが、男所帯の中で、頼りになる嫁の存在に感謝である。

診察した内分泌外科の専門医も、やはり問診後、まず、首周辺の触診を行った。さらに、超音波検査の所見では、結節に変異が見られるという。

「結節というのは、しこりのことですね」

医師は康子にも画像を見せながら説明してくれた。

「甲状腺はこういうふうに、チョウチョみたいな、リボンみたいな形をしています。この右側、右葉に結節があります。良性の腫瘍の場合はきれいな楕円形をしているんですが、ゆがんでいたり、やや黒ずんでいるものもありますね。それから…」

「あ、悪性ってことですか？」

康子が急くようにそう尋ねると、医師はそれには直接答えず、「うん」と小さくうなずいて、

「リンパ節も大きくなっています」

と続けた。良性か悪性かの判断は、穿刺吸引による細胞診検査の結果待ちということで、康子が病名を告げられたのは、一週間後のことである。

「やっぱり悪性腫瘍ですか…」

「はい。おそらく乳頭がんです」

「乳頭がん…」

『がん』と聞いて、康子はさすがに衝撃を受けた。しかし、医師の説明によれば、甲状腺の悪性腫瘍の九割以上を占める乳頭がんは、進行が緩やかで、おとなしいものが多く、治療の予後もほかのがんに比べておおむね良好という。

また、乳頭がんといっても、胸の乳腺とは関係なく、顕微鏡で見ると、がん細胞が乳頭のような形をつくっていることからこの名がある。

「ちょっと紛らわしい名称ですが、乳がんとはまったく別物です」

医師は康子の不安を拭うように、重ねて付け加えた。甲状腺もほかの臓器と同様、がんになることもある。治療法もまた、患部の切除および頸部リンパ節の郭清が主となるが、適切な処置により治癒への期待は高まる。

「甲状腺を、全部取ってしまうんですか？」

「そうですね…」

康子の質問に、医師は少し間を置いてから、あらためて康子のほうに真っすぐ向き直していった。

「甲状腺は、小さな臓器ですが、存外、大事な役割を果たしているんです。患部のみの切除ということも考えられますが、がんには違いありませんから、転移の可能性などを考え、全摘およびリンパ節の切除、また、術後の放射線治療も視野に入れることになります。ただ、もし、全摘したとしても、甲状腺ホルモンのお薬を服用していただくことによって、ホルモンを問題なくコントロールすることができます。甲状腺ホルモンは、私たち人間にとって、とても重要なものですから、安定して調整することが大切なんですよ。だからこそ昔から良い薬が開発されてきたともいえますね。まあ、一般にはあまり知られていないんですけどね」

どうやら、この医師は、甲状腺に対して並々ならぬ熱意を抱いているようだ。話を聞くうちに康子は、自分の病気への理解より、この瀬戸という名の医師のほうに、関心が向いてきた。

「手術になったら、先生が執刀されるんですか?」

医師はいったん少し首を傾げて、〈ま、いいか〉というふうに口を捻じ曲げ、

「たぶん、そうだと思います」

といい、破顔した。

がんと告げられ、最初に康子を襲ったショックは、診察室を出るころには、着実に薄らいで

いた。もちろんすべての不安が消えたわけではないが、さっきまで目の前にいた医師の存在は大きい。専門用語を極力抑えた、ていねいで分かりやすい説明、要領を得ないこちらの質問や漠然とした疑問にも、最適な言葉を選び、誠実に納得いくまで答えてくれる。率直ながら、純朴さもあり、その内面に宿した、屈託のない陽だまりのような温かさは、甲状腺乳頭がんという、まだ正体の分からない病気に立ち向かおうとするこれからの康子に、勇気と気力を与えてくれるものだった。三〇代後半か、息子たちとそう変わらない年齢の、ちょっとオタクっぽい雰囲気もあるこの医師が、果たしてどんな成り行きで、消化器でも呼吸器でもない、甲状腺外科の専門医になったんだろう。そんな、彼の経歴やら生い立ちにまで想像をめぐらせたくなったほどだ。これが、のちに公私にわたって、長く彼女の治療生活を支えることになる瀬戸孝太郎医師との出会いであった。

康子の手術は、その三週間後に行われた。執刀医はもちろん瀬戸医師である。術前の詳細検査により、右葉の腫瘍径が2センチを超え、リスク分類は超低、低、中、高のうちの中リスク。さらに、左葉にも腫瘍が認められ、再発・転移のリスクも鑑みて、甲状腺全摘出と中央区域および右外側区域リンパ節郭清ということになった。

甲状腺をすべて摘出すると、甲状腺ホルモンが分泌されなくなるため、甲状腺ホルモンを薬で補う必要がある。また、場合によっては、副甲状腺機能の低下が生じるなど、術後の観察も定期的に行わなければならない。康子はその後も、この総合病院の内分泌外科に通院することになり、執刀してくれた瀬戸医師とは、退院後も、診察日には必ず顔を合わせ、どんなときも変わらないその笑顔と第一声、「どうですか？　変わりない？」を聞くのが、いつしか康子の元気の素にもなっていった。

甲状腺は気管に接しており、気管の両側には反回神経が走っている。これは、声帯の運動をつかさどる神経で、甲状腺を切除する際に、この神経が圧迫されると、一時的に麻痺が生じ、声がかすれたり、むせる場合があるという。康子はそれが一番心配で、念のため、翌月の発表会への参加は断念したものの、声のかすれは数週間で回復し、いまも大好きな合唱を続けている。一方、手術創については、康子本人より嫁の有紀たちのほうが気にしていたのだが、それもほとんど目立たず、かえって首元のアクセントみたいなもので、大して気にならなかった。この外科医、腕は確かなようである。

おかげで、瀬戸先生とはすっかり顔なじみになり、一年あまりあとに、先生がクリニックを開業するというニュースを耳にしたとき、康子は迷わず転院の手はずをととのえた。どうやらそういう患者は少なくないらしく、院長も「ファンクラブの移転と思えば仕方がない」と苦笑していたそうだ。むしろ開業祝代わりに快く送り出してくれたといったところかもしれない。

康子が甲状腺乳頭がんの手術を受けて五年後、夫の春樹が大腸がんであっけなく逝ってしまった。このときも、瀬戸医師の同期で親友の消化器外科医を紹介してもらったのだが、気付いたときにはかなり進行しており、肝臓への転移も見られ、手の施しようがなかった。亡くなるまでの一カ月あまりのことを、それこそ康子は何も思い出せない。病気が発覚するほんの一週間前に、ちょっと食欲が落ちたな、夏バテかなといっていただけなのに、急な腹痛で、朝方、近くのかかり付け医に行ったと思ったら、そのまま転院、入院、手術と、めまぐるしい日々が続き、夫は帰らぬ人となったのである。

たった一つ、別れ際の夫について憶えているのは、痛み止めで朦朧とする意識の中で、枕元の康子に向けてにっこり笑い、「康子さんでなくてよかったよ」といったことだ。あれはどういう意味だったんだろう。病気になったのが、康子でなくてよかった？　死ぬのが自分のほうでよかったということ？　第一、「康子さん」なんて、何十年も前の、二人が付き合い始めたころの呼び方ではないか。結婚後は、呼び捨てこそないものの、「奥さん」とか「ママさん」なんてふざけてみたりして、「お母さん」と呼ばれるようになったのは、子どもが生まれる前からだ。

普段は段取りよく計画を進めるのが性分の康子が、思った以上に長い時間かかって、ようやく日常生活を取り戻し、夫の死を受け入れられるようになった、三回忌のときだったか、法要後の会食の席で、康子はふと思い立ち、夫の最期の言葉を家族に打ち明けた。すると、意外にも息子たちは誰一人驚かない。互いに顔を見合わせ、うなずくだけだった。

「よくいってたもんな」

「うん、いってた、いってた」

「えっ、どういう意味？　やっぱり、私じゃなくて、自分でよかったってことなの？」

「そうだよ」

長男の浩一が答える。

「母さんが手術したときもな」

「ああ、あのとき、結構慌ててたもんな。最初」

三男の拓巳が思い出し笑いをすると、次男の健二も愉快そうに、父親の口真似のつもりか、

「それは困る。康子さんが先では困る」

そして、はたと思い立ち、

「つまり、正確には『康子さんが、先でなくてよかった』だな」

と、父の言葉を訂正し、三人の息子は大きくうなずいた。

それからしばらく、その言葉の意味について、家族の口から次々に真相が語られることに

なったのだが、話は尽きず、いまは康子が一人住む皆の実家へ大移動して、会談はその日の夜半まで続いた。驚いたのは、夫の春樹が子どもたちの前では、自分のことを「康子さん」と呼んでいたということだ。康子が甲状腺乳頭がんを患ってから、いや、それよりずっと前から、春樹は幾度となく息子たちに、「わが家の要は康子さんだ」といって聞かせていたという。康子さんがいなければ、この家は成り立たない。だから、康子さんに何かあれば、家族全員が万難を排して結束するように。わが家の一員であれば、誰一人、欠くことは許されない。各々が、できる範囲内で、各々の役割を全うし、康子さんのために全力を尽くす。それが一家の使命である。

「普段は好き勝手やっててもいいけど、ってな」

「うん。そこだけは、父親の権限振りかざしまくり」

「家を出ても、住むのは実家の半径十キロ以内」

「そうだよ。俺なんか、大阪転勤になりそうだったから会社辞めたんだもん」

「嘘つけ！」

調子にのった末っ子を長男が一喝する。初めて聞く話ばかりで、康子はただただ面食らっていた。

「有紀ちゃんたちも、知ってたの？」

「はい」

去年、結婚したばかりの次男の嫁、まどかも、その隣で大きくうなずく。

「私も聞いてました。康子さんマター、ですよね？」

「康子さん、マター…」

次男夫婦は、駅をはさんで反対側の新築マンションに住んでいる。長男夫婦の住まいほど近くはないが、康子の家と三点で結ぶと、ちょうど二等辺三角形の頂点にあるような位置だ。

「直線距離だと十キロ以内なんだけど、ここまでギリギリ三十分」と、まどかは笑って、有紀と顔を見合わせた。

「結構探したでしょう？」

「うん。でも、いいところが見つかってよかったわ」

「ちょっと予算オーバーだったけどな。ミッションはクリアできた」

次男が胸を張る。

そうだったのか。長男夫婦が、わが家からスープの冷めない距離に居を定めたのも、夫の厳しい指令によるものだったのだ。

そういえば、次男が大学を休学し、アメリカ旅行へ出かけたとき、週末には必ず康子宛てに電話を寄越した。元気でやっていると一言だけなので、お金がかかるから無理しなくていいと毎回告げたのだが、帰国するまで半年間、欠かさず律義に続けていたっけ。

また、隣の駅近マンションで独身生活を謳歌する三男は、毎朝、出勤前にわが家へ立ち寄り、亡くなった父親の代わりに犬の散歩を買って出てくれている。もともとは、自分が就職と同時に家を出るとき、夫婦二人暮らしで寂しいだろうと、初ボーナスでプレゼントしたトイプードルだ。兄弟の中で一番若くて身軽な弟が、犬の散歩にかこつけて、母親の様子を見に顔を出す。毎日の散歩なんて、いつまで続くのかと、最初はからかっていた兄たちも、そのことに気付いたのか、やがて何もいわなくなった。

思えば、「康子さんマターー」は、名称こそなかったものの、ずっとずっと以前から、わが家に存在する最も重要なルールだったのかもしれない。相手への気遣いを、気付かない程度に、あるいは、あとでじんわり気付く程度に、無理なく少しずつ割り当てて、絶妙に配備する。夫が遺した最期の言葉の意味の深さを知ると同時に、彼が、残された妻が生きていくために、時間をかけて緻密につくり上げた家族の愛情のしくみの偉大さに、康子はようやく思いが至り、胸が熱くなった。

「まあ、セーフティ・ネットみたいなもんだな、家族の」

酔いがまわって眠気が出たのか、長男の浩一が大きく伸びをしながらいうと、健二がいきなり目を輝かせて、「あ、それ、誰かがいってた気がする」。

浩一の動作が止まる。

「セトセン?」

「そうだ、セトセンだ」

〈セトセン?〉

「瀬戸先生ですよ。甲状腺クリニックの」

びっくりして目を丸くする義母に、有紀がすかさず耳打ちする。

次男が感慨深げに、

「親父、喜んでたもんなぁ。セトセンが感動して、ホメてくれたって」

なぜセトセン? 息子たちが瀬戸先生をそんなふうに呼んでいるなんて、ちっとも知らなかった。そもそも、いつ、どこで、夫はそんな話を、先生にしたのだろう…。そう考えて、康子は思い出した。多趣味な妻と違い、仕事一筋でこれといった趣味を持たない夫の春樹の、唯一の趣味といえるのが、学生時代から続けていたアマチュア無線である。没頭するというほどでもないが、退職して暇ができ、ぼちぼち再開していたところ、新しくできた無線仲間の一人に、あの瀬戸先生がいたと、夫から告げられたことがある。亡くなったあと、機材は誰に触れることもなく、残念ながらホコリをかぶっているが、夫と瀬戸先生は、医師と患者の家族とはまた違う関係を築いていたのかもしれない。

甲状腺ホルモンは、人間が生きていくために、なくてはならないホルモンである。ただ、多すぎても少なすぎても、体に何らかの支障をきたす。だから、つねに体内で適量を保つために、何重もの安全装置が働いている。それがまさにセーフティ・ネットというものだ。大部分の甲状腺ホルモンは、体内でタンパク質と結合して休んでおり、実際に働いているのは結合していない遊離ホルモンだけ。その量は全体のわずか一％に満たない。

しかし、それが少しでも減ってくると、速やかに休み組の甲状腺ホルモンのタンパク質結合が外れて作用を発揮する。甲状腺ホルモンには二種類あり、第一軍となるのがトリヨードサイロニン（T_3）。もう一つのサイロキシン（T_4）は寿命が長く、血液中の甲状腺ホルモンの四分の三を占め、いざというとき各臓器でT_3となって、強い作用を発揮する。いわば援軍だ。

家族のセーフティ・ネット。瀬戸医師が感無量で、夫にそう告げたのは、おそらくこういうことだったのではないか。甲状腺の知識をある程度心得ている嫁の有紀が、のちにそんな推論を語ってくれた。

「私も思ったことがあるんですよ。甲状腺ホルモンみたいだなって」

無線を通じて交流が始まり、康子をめぐる家族の強いネットワークを知って、瀬戸先生がその並々ならぬ愛情の深さを甲状腺ホルモンになぞらえ、最上級の言葉でたたえてくれたのだろう。セトセンの人柄を考えれば想像がつく。皮肉なことに、いまは康子の体に、甲状腺という臓器はもうないけれど、康子の健康を支えるしくみは、しっかりととのえられているのだ。

「春樹さん、ありがとう。康子さんはもう少し、みんなと一緒に頑張るね」

第3話
カエルの子

六時過ぎに診療が終わり、事務処理を済ませて帰り支度をしていると、チーフ看護師の花田に声をかけられた。

「きょうもご実家ですか？」

「うん、まあ。期末試験が近いからね」

「あらー、中学生になっても大好きな孝太郎おじさんに勉強を見てもらえるなんて、寛太くんは幸せ者ですねー」

明るい声音の中に、多少の皮肉も混じっているのに気付いて振り向くと、案の定、カルテの束を抱えたまま、花田はいたずらっぽい笑顔でこっちを見ている。

花田看護師と、医師の瀬戸孝太郎とは、もうずいぶん長い付き合いになる。彼が前任の総合病院の内分泌外科に、専攻医として入ってきたとき、彼女はすでに内科の主任看護師だった。その後、瀬戸が内分泌外科の主任の職を辞して、甲状腺の専門クリニックを開業することを決め、手伝ってくれないかと声をかけると、二つ返事で承諾してくれたのだ。

「いや、ただ見てるだけですよ。とてもじゃないが、難しくてもう教えられない。塾にでも行ってもらいたいんだけどな」

「だって、本人が行きたがらないんでしょう？　変人っぽいところはよく似てますもんね」

花田は愉快そうに笑って、そそくさと診察室を出て行った。「誰に似てるって？」と、その背に問いかけようとして、瀬戸はあきらめた。まったく反論の余地も与えてくれない。

〈やれやれ、何でもお見通しだ…〉

瀬戸が、母校での研修医期間を終えて、総合病院の内分泌外科に入職したときのことを、花田はいまも、はっきりと思い出すことができる。医学部を出て四年目にしては、ずいぶんと年かさだったが、その眸は純粋で真摯な輝きに満ちていた。

以来、尊敬する先輩の背中を追いかけ、ひたすら仲間と切磋琢磨しながら、他病院に出向したり、短期の留学をしたりして、甲状腺の専門医へと成長していくのを、ともに働く同僚として、大先輩の医療従事者として、というよりむしろ、母のように、年の離れた姉のように、つかず離れず見守ってきた。彼のことなら、その性格から家族関係から、一途な恋愛事情に至るまで、すべてに精通しているといっていい。もちろん、総合病院の内分泌外科のホープとして将来を嘱望されながら、昨年、甲状腺クリニックを開業した経緯についても、詳しい理由を聞かされないまでも、薄々理解しているはずである。

もっとも、わが子はとっくに独立し、家事と仕事の両立に奮闘した日々も良い思い出となりつつある花田にとって、瀬戸のクリニックへの誘いは渡りに船だった。定年後も指導職として残ってほしいという総合病院の依頼を断り、開業準備のために、職員の採用や業者の選別など早くから参加。孫の面倒は退職した夫に任せ、長年のキャリアを存分に生かして、いまは若手の指導に嬉々として采配を振るってくれている。

「似てるかなあ」

実家へ向かって車を走らせながら、瀬戸孝太郎は花田の言葉を思い返していた。自分が人とちょっと変わったところがあることは自覚している。あの言葉にはそれも含まれているのだろう。しかし、その変わったところが、同じように甥っ子の寛太にもあるとは、いままで考えたことはなかった。似ているとしたら、それは血縁のなせる業か。それとも、自分が何がしか、甥っ子に影響を与えているというのだろうか。

甥の寛太は十四歳。孝太郎も通った市内の公立中学の二年生である。野球好きの父親と祖父の影響で、小学校の時分から地元ジュニアの野球チームに在籍し、中学に入っても部活に精を出していたが、近ごろはその熱も薄れてきたようだと、そういえば親父、つまり寛太のじいさんが嘆いていた。二年になったばかりで抜擢されたレギュラーの座を、あっさり同級生に譲ったという呆れた話も耳にした。確かに変人といえば変人だ。

甥っ子のいまの興味の対象は、爬虫類へと向かっている。いや、両生類もか。その点は孝太郎と違う。生物は全般に好きだが、あの年頃はどちらかというと自分は昆虫党だった。ただ、とにかく熱中すると我を忘れてのめり込み、とことん探求するところは、確かにちょっと似ているかもしれない。

〈待てよ〉

そういえば、今年の正月のことだ。お年玉を貯めて、カメレオンを飼い出したまではいいが、蛇類に手を出そうとして、母親と妹に大反発を食らい、しぶしぶあきらめたといういきさつを聞き、「まあ、いいじゃない」とうっかり味方して、逆鱗に触れたのを思い出した。寛太の母親、すなわち孝太郎の姉、若葉がそのとき、

「もう！　何考えてるんだか分からない。どんどんあんたに似てきたわッ！」

と叫んだのだ。あまりの激怒ぶりに怖気付き、カメレオン購入代金の一部を補填した事実は、いま甥と二人だけの極秘事項である。若葉がいうのだから、〈やっぱり似てるか〉。

玄関のチャイムを一度鳴らしたものの、誰も出てくる気配がない。おおかた姉は、姪のちひ

ろの習い事にでも付き添い、出かけているのだろう。勝手知ったるわが家、自分でカギを開けて中に入り、リビングをのぞくと、奥のソファに座っていた父の壮一郎が、読んでいた夕刊紙をたたんで立ち上がるところだった。

「おう、おかえり」

「ただいま。いたんだ」

「いるさ」

瀬戸壮一郎は二年前、四十年近く続けてきた整形外科医院を閉じた。孝太郎の甲状腺クリニックは、その場所を引き継ぎ、全面改装したものである。いま思えば、息子の心に密かに芽生えた開業の志を察知した父が、先手を打って引退を宣言したということかもしれない。古くからの患者には、まだ早い、辞めないでくれと再三止められたが、壮一郎の意志は固かった。いわく、「あんたらもそんなに長くないだろう。俺だっていずれ死ぬ。いつまでもジジイの医者を頼ってちゃいかんよ」。高齢者相手に身もふたもないいい方だが、それも瀬戸先生らしいと、皆しぶしぶ納得したと聞く。

現在は、医師会仲間のクリニックにリハビリ担当として週三回勤務し、古い付き合いの患者も、何人かはわざわざそこまで通ってくるらしい。六十を過ぎてスポーツ医療の研究に目覚め、寛太の通う中学と、隣接する県立高の二校で、嘱託医も務めている。いまの壮一郎には、このペースが合っているようだ。

「飯は？」

「食べてきた」

「そうか」

いつもながら素っ気ない父子の会話を交わしたあと、二階の角部屋のドアをノックして、返事を待たずに中へ入ると、寛太は珍しく窓際の机に向かっていた。

「おう、やってるな」

「うん。まあね」

ここはもともと孝太郎の部屋だった。家は何度かリフォームを重ねたが、間取り自体はそう変わっていない。男子一人にはいささか広すぎる長方形のスペースには、高さの違う飼育ケージが三つ。昔はびっしりと本棚が立て付けてあったところなのだが、孝太郎が残していった図鑑やら百科事典は隅に押しやられ、ひときわ背の高いケージの陰に隠れてしまった。観葉植物と流木でジャングル風にしつらえたネットケージは、紫外線ライトが整備され、温度・湿度も万全に管理されている。そのどこかに、おそらく目を凝らせば例のエボシカメレオンがいるはずだが、孝太郎はその前を素通りし、ベランダ側にある横長の水槽の中をのぞき込んだ。

「もうすぐだな。来週末あたりかな」

「うん。期末が終わったら行こうと思ってる」

「ついに野に放つときが来たか」

「おおげさだなぁー、じいちゃんみたいないい方だ」

　水槽の中には、かなりの数のアマガエルがいた。寛太がオタマジャクシから育てたものだ。昨年春、初めて孵化に成功し、何匹かを除いて、残りは自転車に積んで小学校裏の池に放した。今年はさらに大きな成果を上げ、こんどは少し離れた田んぼまで行きたいからと、孝太郎は運転手を頼まれている。ちなみに、隣の水槽はまだ空で、田んぼに行ったついでにヒキガエルを捕獲する予定である。カエルの生態をもっと深く調べるためというが、女性陣にはますます敬遠されそうだ。

　実は、寛太が両生類や爬虫類、とりわけカエルに興味を引かれたのには、孝太郎が少なからず関与している。寛太が小学校四年だったか、五月の連休に父方の祖父母の家へ行ったとき、近くの水辺でオタマジャクシの大群を目にしたことがあった。帰宅してそのことを嬉々として孝太郎に報告すると、叔父は意外な質問を発したのである。

「四肢が出てたのもいた？」

「シシ？」

「両手と両足だよ。そろそろ繁殖期だからね」

「えーっ、分かんなかった。みんな黒くって同じに見えたよ」

「そうか。よく見ると違うはずだけどな」

二人の会話をそばで聞いていた妹のちひろが、いきなり大声で歌い出した。

「♪お～たまじゃくしはカエルの子、ナマズの孫ではありません～」

すると、キッチンから顔を出した母親の若葉も声をそろえる。

「そ～れが何よりしょうこには～、やが～て手が出る足も出る♪」

ああ、そうか。理科の授業で教わった。教科書にもちょっと書いてあった。だけど、本物を見たときは、そんなこと、ぜんぜん思い付かなかった。

「あー、ちゃんと見ればよかった」

寛太が声に出して悔しがる。

「こんど見たとき、よく観察すればいい。最初のころは、スイカの種みたいな頭にシッポがチョロチョロ付いてるだけだけど、だんだんシッポの付け根のところが膨らんでくるんだ」

孝太郎は手近にあった紙と鉛筆で、線書きの絵を描き始めた。

「膨らむ？　顔が？　エラが張ったみたいに？」

「おっ、うまいことというな。カエルはさ、最初はエラ呼吸をしてるんだ」

「あ、それ、理科で習った。魚と同じなんでしょ」

「うん」

二人が親密にやり取りしているのが面白くないのだろう。ちひろの歌声はさらに大きくなり、

「ちひろ〜、うるせぇな〜。話が聞こえないじゃん」

寛太が抗議しても一向にやめようとしない。すると、孝太郎が、

「ちいちゃん、その歌、違うんだ」と、ちひろを手招きする。

オタマジャクシがカエルに変わっていく、いわゆる変態の様子を、孝太郎が順番に絵にしていく。お多福豆のような形になったオタマジャクシの尾の付け根の両側に、ポチッとイボのようなふくらみができ、次にそこから後ろ足が出てきた。次にそのすぐ近くから前足が。

「ほらね。先に出るのは手じゃなくて足なんだ。正確には両方とも足なんだけどね」

「ふーん」

ちひろも身を乗り出して絵を見つめている。寛太はもっと真剣な面持ちである。

オタマジャクシの形はそこから急速に変わっていった。尾が短くなり、やがてなくなって、上から見ると口元が三角状にとがってくる。大きく広がった口はいかにも虫を捕えるのに都合のいい形だ。全体がカエルらしくなり、ついに水中から這い上がるときが来た。

「やったぁー、カエルになった」と、ちひろが歓声をあげる。

「そうだね。このころには肺もできる」

「えっ、もうエラ呼吸してないの？」

「うん。肺呼吸だね。両生類は、子どものときと大人のときとでは、体の構造も、機能もまったく違うんだ」

しばらくの間、寛太はその絵をじっと見ながら、何事か考えていた。その顔を見つめるうちに、ふと思い立って、孝太郎はいった。

「これ、俺の専門ともちょっと関係があるんだよ」

「センモン？」

両生類の変態は、甲状腺ホルモンが支配する。変態期のオタマジャクシでは血液中の甲状腺ホルモン量が劇的に増加することが分かっている。事実、オタマジャクシの飼育水に甲状腺ホルモンを加えると、まだ時期の早いオタマジャクシが変態を始める。さらに、オタマジャクシのシッポだけを切り取って、甲状腺ホルモンの培養液に浸すと、どんどん縮んでいくという実験結果もあるのだ。

「コウジョウセン、ホルモン」

「そう。寛太には、まだ難しいよな」

しかし、何となく聞き覚えがあった。確か、自分が生まれる前、おかん（寛太はいつからか、内々では母親のことをこう呼んでいる）がかかった病気に関係した言葉だ。もしかしたら、

「寛太」という自分の名前にも、何かかかわりがあるのかもしれない。ただ、十歳そこそこの少年が当時、持ち合わせていた情報は、せいぜいその程度だ。

一方、孝太郎はちょうどそのころ、甲状腺専門の外科医として歩き始めたばかり。勢いで子ども相手に専門分野の解説を披歴しそうになり、気を取り直して、

「人間の体の中にも甲状腺というのはあって、すごく少量だけど、つねに甲状腺ホルモンが分泌、つくられているんだ」とだけいった。

「何に使われるの？」

「えっと、主に成長とか発達、発育だね。寛太やちいちゃんの背が伸びたりするのにも関係してる。オタマジャクシが数カ月でカエルになるくらいだからね」

「ふーん」

寛太はあらためて、一筆書きみたいに並べて描かれたカエルの成長記をまじまじと見つめ、指さして一つ一つ確かめながら、ポツリといった。

「甲状腺ホルモンって、すごいんだね」

感じ入ったようなその言葉に、孝太郎は思わず胸が熱くなった。

キッチンカウンターの向こうから、わが子らと弟が仲良く語り合う姿を、それまでほほえましく見守っていた若葉が、孝太郎の背に向かって、

「なに小難しい話をしてるのよ」と声をかけた。

それを潮に、カエル話はいったん区切りをつけたが、その後の両生類および爬虫類への入れ込みようを見れば、寛太の心にこの日のことが強烈なインパクトを与えたのは間違いない。

アマガエルの水槽からいったん離れて、エボシカメレオンのケージに戻ろうとしたところを呼びとめられた。

「ここなんだけどさ」

孝太郎を家庭教師として調達するとき、寛太はいつもピンポイントで何点かの質問を用意している。英語なら慣用句の用法とか否定文への書き換えとか、数学なら例えば連立方程式の文章題とか一次関数の変域とか。最初、自分なりにチャレンジしてみて、ちょっと引っかかるところを保留しておき、あとで叔父に尋ね、納得のいく説明をもらおうというわけである。英語にしても数学にしても、そのやり方はすこぶる理にかなっている。

また、理科や社会などほかの教科については、暗記の仕方を自分なりに工夫し、要領よくこなして、そこそこの成績をキープしているようだ。そのあたり、アプローチは違っても、やはり孝太郎の勉強法とよく似ている。しかも、困ったことになぜか、科目の中で国語が一番苦手というところまで同じだ。いま苦戦しているのは英語の長文読解で、これもその苦手意識が影響しているかもしれない。三十分ばかり二人して取り組んだ末、ようやく解答にこぎ付けた。

英語はもちろん数学も、中学入学時は一見して楽勝に思えたので、「たまに勉強を見てやって」という姉の頼みを安請け合いしてしまったが、中二の二学期ともなると、がぜん難しくなり、孝太郎はそろそろ自信を失いつつある。学生のころ、家庭教師のバイトをしていようが、医学部を出て留学経験があろうが、それも遠い過去のこと。果たしてまともに教えることができているのか、毎回冷や汗ものだ。しかし、寛太のほうは平気な顔で、「あ、なるほどね」などと、いちいち感心している。いつまで続くか分からないが、実は、こうやって甥っ子と二人の時間を共有するのを、孝太郎は楽しんでもいるのだ。

一段落したところで、再来週のカエルの解放計画について段取りをつけていると、階下がにわかに騒がしくなった。どうやら若葉たちが帰宅したようだ。寛太の父親、甲斐徹は、大手家電のメーカーに勤めているが、東海地方のエリアマネジャーを兼務し、週の前半は名古屋に単身赴任という日々である。もっとも、この家の音声および騒音部門はほとんど母娘二人が独占しているため、父が在宅していてもいなくても、にぎやかさに大して変動はない。

「じゃ、そろそろ」

立ち上がろうとする孝太郎に、「うん」とうなずいてから、寛太はふと、

「あ、こないださ、理科でシンチンタイシャ、習ったよ」

「シンチンタイシャ？　へえー、そんなの習うのか。中二で」

孝太郎が驚いてみせると、

「習うよ、新陳代謝ぐらい」

ちょっと気分を害したのか、寛太は憮然として目を細めた。

「そうか、ごめん」

「けどさ、サワリだけなんだよね。サラッと」

「サワリだけ？」

「うん。新陳代謝もさ、あれが関係あるんだよね。甲状腺ホルモン」

「ああ…」

「そんなの何もいわないんだよ」

「そうか…。まあ、そうだろうな」

カエル絡みで、甲状腺ホルモンのことを話題にしてから、四年ほど経っている。あれからカエルの飼育はまさに寛太のライフワークになったわけだが、甲状腺ホルモンのこともまた、その間ずっと、寛太の頭の中にあったということか。孝太郎はちょっとドキッとしてしまう。

「中三になると、細胞とか勉強するらしいんだよ。そこでまた出てくるかな。それとも栄養素のところとかかな」

寛太はまだぶつぶついっている。

「ふーん」とあいまいに相槌を打ちながら、孝太郎はなぜか胸の鼓動が速くなるのを感じていた。やっぱり花田さんのいっていたことは本当だ。こいつは俺とよく似ている。もちろん、孝太郎が農学部を出て、いったん就職して、また医学部に入り直して、甲状腺の専門医になった、なんてことを、まだ生まれる前の寛太は知る由もない。しかし、中学生っぽい言動はまだしも、その思考回路については、まさしく自分の過去をほうふつさせる。

そういえば父の壮一郎が以前、酔った拍子にいったことがある。整形外科の息子なのに、なんで整形外科を継がなかったのか、寛太やちひろに聞かれたら何と答えるつもりなんだと。

「俺は答えられんぞ」。

あのときは、冗談めかして、そりゃ「じいちゃんの親友のお医者さんが整形外科医じゃなくて甲状腺の先生だったからだ」と正直に答える、などとうそぶき、わざと親父を怒らせた。しかし、いざ説明するとなると面倒くさいもんだろうな。

面倒くさい。その中に、気恥ずかしさというか、一抹のうしろめたさというか、そんな気持ちが潜んでいる。ただ、同時に、うれしいような、ワクワクするような、つい何かを期待してしまいたくなるような、そんな感情も入り混じっていて、孝太郎は何とも落ち着かない気分だった。

「やっぱ生物とか？」

「えっ⁉　何が？」

我に返って聞き返す。

「だからさ、そういうの本格的にやるのは、どこに行けばいいいんだろ。大学とか、学部とか。

そんなの仕事になんの？」

「そんなこと、まだ決めなくていいんじゃないの？」

「だって、来月もう三者面談だよ」

「へぇー、そうなんだ」

寛太は鼻にシワを寄せ、それこそ〈面倒くさい〉という表情だ。

「まあ、理系ってことは確かだな。寛太は大丈夫だろ。数学も理科も得意なほうだから。少なくとも文系ではない」

「あー、少なくとも文系ではない」

そう反復し、うんうんとやたら大きくうなずいている。そのしぐさがおかしくて、孝太郎も笑いながら、うんうんと同調した。

「まずは高校に入ってからだな。その前に受験だ。そろそろ塾も考えたほうがいい」

「そうなの？」

「うん。もう叔父さんには手に負えなくなってきた。ちゃんとプロに教わったほうがいいよ」

顎に手を当て、思案顔の甥っ子を横目で見ながら、孝太郎は、喉元まで出かかった言葉を飲み込んだ。もしかして、母親に聞いたりして、この叔父が医者になったいきさつを知っていたとしても、いま俺がここでいうことではないだろう。〈医学部に入って甲状腺をやるのも面白いぞ〉なんて。

立ち上がると、飼育ケージの中のエボシカメレオンと目が合った、ような気がした。というのは、ハッとして見直したときにはもう、その目はピタッと閉じられていたからだ。天井まで立てかけた流木のてっぺんで、バスキングライトの灯りに身を任せ、ゆったりと日光浴を楽しんでいるようにみえる。飼い始めて一年も経っていないから、こいつもまだ幼体のはずだ。体色も大部分がアマガエルと似たような薄緑色だが、数カ月後にはいろんな色の柄が現れ、頭部の烏帽子ももっと突起して、立派な成体になるのだろう。

カメレオンやトカゲ、カメ、ヘビなどの爬虫類は、三億年くらい前に両生類から分かれて進化した。カエルの仲間のように、四肢が生えて、エラ呼吸から肺呼吸に移るほど激的な変化は起こさないが、彼らの大人になるスピードも速い。

階下まで送ろうとする寛太を制して、部屋を出る間際、「あと二日だろ。健闘を祈る」とだけいった。「うん」と短く答えて後ろ手に手を振る彼の背に向け、孝太郎はつぶやいた。

〈ゆっくりでかまやしないんだ、人間は〉

第4話

レモネード

「涼子先生、あれ、つくってきてくれた？」

春休み間近の土曜日の朝、学童保育の教室に、ユニホーム姿の少年が二人、駆け込んできた。隣接する中学校の野球部の子たちだ。二人は去年この小学校を卒業した生徒で、きょうは彼らの学校のグラウンドを使って、同じ学区の中学と練習試合があるらしい。

「うん。ちょっと待って」

涼子が冷蔵庫から密閉式の容器を取り出して、二人に渡すと、「ヒューヒューイ!!」と妙な雄叫びを上げたものだから、そばにいた一年生が驚いて目を丸くしている。

「あー、早く食べてぇー」

一人が口をすぼめて変顔をすると、もう一人が噴き出し、

「バーカ、そんな酸っぱくねえだろ」

と突っ込む。

「重いから、気をつけてよ」

「平気、平気！」

といって駆け出すそばから、バランスを崩してつまずきそうになり、「おっとっとっ」なんていっている。出口まで見送りながら、

「汚れた手でつまんじゃダメよ。中に楊枝が入ってるから」

思わず小言めいた口調になる。

「分かった、分かった！　先生、サンキューッ」

と後ろ向きで手を振りながら、二人して全速力で走っていく。

涼子のレモン栽培は、すっかり周囲に知れわたっている。収穫量が増えるのがうれしくて、本人があちこちに配っているせいなのだが、あるとき、思い立って学童のおやつ代わりに、はちみつ漬けを持参したところ、これが子どもたちに大人気となった。なにしろ、純国産、農薬もワックスも使わない、安心安全なベランダ農園の産物である。親御さんにも好評で、レモン本体より、はちみつ漬けを名指しで所望してくる人もいる。おまけに実家のはちみつ農家から、ごていねいに原料を調達してくれる支援者も現れた。〈こんなの、誰でもつくれるのに〉

と少々困惑しながらも、瓶詰めの数は着実に増えていく。子育てをとっくに終えて、いまは一人暮らしの人間にとって、たかがはちみつ漬けでも、人に頼りにされるのはうれしいものだ。

レモンは本来、四季咲きだが、五～六月ごろに花を咲かせ、六カ月ほどあとに実を収穫するのが一般的である。今年は、夏の摘果がうまくいったのか、栽培開始以来、最高といっていい穫れ高で、娘の仁美も実家に来るたび、嬉々として持ち帰る。つわりがひどかった去年の暮れなど、わざわざ電話で「レモン、レモン」とうるさく催促してきたほどだ。

仁美はこの秋、出産予定である。バセドウ病と診断され、治療を開始して一年半後、甲状腺ホルモンの数値も安定し、待望の妊娠が判明。このところ、会うたびにふっくらとして、表情も何となく穏やかにみえるので、

「女の子かしらねえ」というと、

「気が早いなあ」と笑う。

「お母さんはどうだった？」

「うーん。昔のことだからよく覚えてないけど、あんまり変わらなかったかな」

「なーんだ。意味ないじゃん」

そんな母娘の他愛もない会話が、いまの涼子にはうれしい。日々の支えになっているといってもいいくらいだ。

初めて瀬戸甲状腺クリニックに同行してから、二年あまり経った。あのときは、こんなふうに初孫の誕生を楽しみに待つ日が来るなんて、思ってもみなかった。帰りがけに、治療の経過を報告してほしいと念を押すのを忘れて、悔やんでいたところ、なぜか仁美のほうから毎回、クリニックに行った日は必ず、電話をかけてくるようになった。最初の三カ月は二週間に一度。その後は一カ月に一度。決まって帰宅後すぐにかけるらしく、ちょうど夕方の慌ただしい時間帯だったりするので、受けるほうも気が気でない。次回の診察日を大急ぎでメモし、忘れないうちにそれを手帳に書き写し、その日、その時間の頃合いに、電話の前で待機するのだ。例によってほんの二言三言なのだけれど、それでも声を聴くと安心して、いつしか涼子は、その日を心待ちにするようになっていた。

やがて、月に一度の電話連絡は、報告を兼ねた週末の来訪に取って代わる。時には夫婦二人で来ることもあり、自宅での手料理だけでなく、外食や、観劇の誘いなども増え、そのまま一泊することもあった。こんなふうにして、涼子と仁美、二人の関係も、まるで病がゆっくりと癒えていくようにほぐれていったのである。

実は、仁美が通院し始めて半年ほど経ったころ、涼子も思い切って、甲状腺の検査を受けることにした。娘の話を聞いて、自分にも少し思い当たることがあったからだ。それに、最初に行ったとき、瀬戸院長も意味ありげなことをいっていた。

「お母さんは、お変わりないですか？」

お変わりない？　初対面なのに？　どういう意味だろうか。いまは変わりがないという意味か？　とすると、昔は変わりがあったということだろうか…。

何だか堂々めぐりの言葉遊びみたいだが、つらつら考えていくうちに、いろいろと思い出してきたのである。甲状腺ホルモンは多すぎても少なすぎても、体に影響をおよぼす。とくに女性の場合、自律神経にさまざまな不調をもたらすという。いまはそんなことはないが、仁美を育てていたころ、ずいぶんイライラしていた覚えがある。ひょっとしたら、それには甲状腺ホルモンも関係していたのではないか。

そんなことをちらっと話したところ、わが意を得たりと、仁美がさっそく検査をすすめ出した。少しでも気になるなら、調べてもらったほうがいい。いま症状がなくても、いざというとき安心だろう。瀬戸先生にいろいろ聞いておけば、自分も気が済むし、というわけだ。治療を始めて数カ月というのに、仁美はすっかり瀬戸院長の信奉者になってしまったようである。

確かにいい先生だと涼子も思う。会ったのは仁美の初診のときに同行した一度きりだが、一見、こざっぱりとしたスポーツマンのようで、中身はちょっとオタクっぽいこだわりもありそうな、何とも不思議な印象の医師だった。年齢のわりに老成していて（正確な年齢は分からない）、そこは医者らしいといえばそうなのだが、一方で、屈託のない笑顔に無邪気さも感じ、何より自然体なところに好感を持てた。その後の娘からの報告を聞いても、彼がいかに患者の気持ちに寄り添った治療を行っているか、手に取るように分かる。

もし、病気が見つかって、治療が始まったらと考えると、少々気が重くなりもするが、それはそれで仕方がない。同じ甲状腺ということで、娘とのかかわりもかえって深まるかもしれないし、とにかく調べるだけ調べてみようという気になったのである。

検査の結果、涼子には甲状腺の自己抗体があることが分かった。慢性甲状腺炎のほとんどを占める疾患、橋本病である。しかし、甲状腺ホルモンの数値に問題はなく、治療の必要はないという。

「治療、しなくていいんですか？」

「はい」

橋本病は通常、甲状腺の腫れやその他の症状、および血液検査によって診断される。涼子の場合、抗体は有しているものの、血中の二種類の甲状腺ホルモンＦT_3（遊離トリヨードサイロニン）、ＦT_4（遊離サイロキシン）のいずれの数値も正常で、甲状腺は良好に機能している状態。これは珍しいことではなく、橋本病の患者で明らかな症状があり、治療を必要とする人は三割程度にとどまるという。

「橋本病…。聞いたことあるけど、あの、仁美のバセドウ病とは違うんですか？」

いぶかしげに尋ねる涼子に、瀬戸医師はいつもの調子で、

「うん。ちょっと分かりにくいですよね」

甲状腺機能の疾患を端的にいうと、甲状腺ホルモンが高くなる場合と低くなる場合に分かれる。血液中の甲状腺ホルモンが増加して機能が過剰に高まるものを甲状腺中毒症といい、バセドウ病はその代表的疾患である。逆に、甲状腺ホルモンが不足し、その機能が低下する状態を甲状腺機能低下症と総称し、代表的なのが橋本病だ。ただし、橋本病の人がすべて甲状腺機能低下症になるわけではなく、炎症があっても軽度なら、甲状腺の働きが悪くなることも少ないのだ。

瀬戸の説明を聞くうちに、涼子の中にいくつかの疑問が浮かんでは消えていった。
・皮膚の乾燥　・冷え性　・低体温　・食欲減退　・便秘　・体重増加…。
箇条書きで示された橋本病の症状の項目をぼんやりと眺めながらつぶやく。

「先生、抗体って、私、いつ、つくっちゃったんでしょう…」

瀬戸は「ん？」と顔を上げてから、すぐに真顔になり、少し首を傾げて、

「うーん。そうですねぇ…」

いいながら、自分の喉仏のあたりをゆっくりと指でさすっている。涼子も思わず同じような

しぐさで、自分の首元に指をやり、小さく「あっ」と声を上げた。思い出したのだ。そこに何か腫れのようなものを感じたときの記憶を。

瀬戸医師も気付いて、いつもの笑顔を封印し、じっと涼子を見つめている。

それから、涼子の記憶は堰を切ったように次から次へとよみがえってきた。確か仁美が小六の夏休み、涼子は何をするのもおっくうで、いつもだらだらと寝て過ごしていた。小学校最後だからと計画していた家族旅行もキャンセルし、代わりに夫の功が、自分が顧問をしていた中学のテニス部の合宿に、仁美を同行させたのは、出かける予定もない娘を、あまりに不憫と思ったからなのだろう。涼子は当時、他校の六年の学年主任で、休み中も具合の悪くないときは、学校に出向いていた。受験対策やら何やら、忙しさを口実に、娘を放ったらかしにしていたことは間違いない。いくら体調が思うに任せないとはいえ、親としてはひどい仕打ちだ。

〈あのとき…〉

そして、次に憶えているのは、仁美が中三のとき。春休みに夫が急逝し、その対応に明け暮れる日々が何カ月か続いたあと、心にぽっかり空いた穴を埋めてくれるのは、もはや娘ではなかった。反抗期なのだろうか、何かというと母親にたてつき、モノこそ投げないけれど、口ゲンカは日常茶飯事。互いにすることなすこと気に入らず、罵り合ってばかりいた。

思えば、娘も最も多感な時期に父親を亡くし、心細く、寂しい想いを、一人では抱えきれず、母親にぶつけていただけなのかもしれない。ケンカの最後にはいつも、「私にはもう頼れる人がいない。たった一人の理解者のお父さんが死んじゃって、これから私は何もかも自分で決めなきゃならないんだ」と、涙ながらに叫んでいた。まるで自分にいい聞かすみたいに。そのころのことは、いま思い出しても胸が痛む。

中でも涼子が、悔やんでも悔やみきれないのが、中学の三年間に、母親から受けた仕打ちについて、ケンカのたびに、仁美が何度も持ち出していた話だ。中学に入り、学校行事が職場と重なることもなくなったはずなのに、母親は体育祭にも、文化祭にも来なかった。中一の文化祭は寝込んでいたし、中二の体育祭は、何が気に入らなかったのか、ものすごくイライラして途中で帰ってしまった。教師のくせに、大人のくせに、感情を抑えることができなくて、すぐにブチ切れる。だからお母さんは信用できないッ……。

ほんの五分ほどだったか、院長を相手に、過去のことを思い出すまま脈略もなくしゃべり続けてから、ふと我に返り、涼子は自分でも顔が赤くなるのが分かった。

「あの、私…」

瀬戸医師は、普段どおりのおっとりした風情で、話が一段落したのを見て取り、何事もなかったように、

「抗体がいつできたか。うーん、それは、医学的にも分からないんですよ。ただ…」

律義な人だ。涼子の最初の問いに答えて、ゆっくりと話し始めた。

携帯電話の画面の向こうで、仁美が目を丸くする。最近の母娘の電話は、もっぱらビデオ通話である。

「橋本病?」

「絶対、バセドウ病だと思ったんだけどな」

「そうなの?」

なんで?と聞こうとして呑み込んだ。瀬戸院長に打ち明けた思い出話のことも、わざわざ蒸し返すことはない。

「でも、何かね、ちょっと分かったような気がする」

橋本病は無痛性甲状腺炎という疾患と合併するケースがままあるという。無痛性甲状腺炎は何らかの原因で甲状腺の細胞が壊れ、甲状腺に蓄えられていた甲状腺ホルモンが血中に漏れ出てくることによって、一時的に甲状腺ホルモンが増加するというものだ。甲状腺ホルモン値が高くなるため、バセドウ病に似た症状が現れるが、痛みがないことから無痛性甲状腺炎と呼ばれる。甲状腺ホルモンが一気に出てしまうので、増加後はいったん甲状腺機能低下症になることがあるが、数カ月のうちに正常化し、症状は消える。

「へえー、何かすごく乱高下する感じなんだ」

瀬戸院長から受け売りの涼子のつたない説明も、何とか通じたようである。無痛性甲状腺炎は自然に治る病気とはいえ、何度か繰り返すことも少なくない。まれに、そのまま永続性の甲状腺機能低下症になってしまうこともあるが、その場合はホルモン薬の内服によって改善に向かう。

「なぁーんだ。じゃあ、いまは治療する必要ないんだ」

「なぁーんだって何よ」

茶化すような言葉に涼子は思わずいい返したが、画面の向こうの仁美は、少しホッとしたような表情である。

「けど、やっぱりよかったんじゃない？　ちゃんと調べてもらって」

「うん…。ごめんね。やっぱりお母さん、ちょっとおかしかったね、あのころ」

「ちょっとじゃない。うんとだよ」

ケラケラと愉快そうに笑うので、涼子も思わず苦笑いする。もし、あのころ、自分の体の声に、もう少し耳を傾けていたら、そして、娘の心の声を聞き取る力を養っていたら。自分の未熟さが、いまさらながら情けない。病気に気付いて、ちゃんと治療を受けていれば、もっとずっと早く、本来の母と娘の関係を取り戻すことができていたのかもしれない。

〈いや、それとも、いまでよかったのかな…〉

いまでなければ、瀬戸先生にも会えなかっただろうし。

画面の端に大ぶりのグラスが見えて、何かと思ったら、

「これ？　レモネード。はちみつ漬けでつくったの」

と、仁美が大げさにグラスを取り上げて、ガブッと一口飲んでみせた。

「知ってる？　アメリカのことわざ」

「なに？」

「When life gives you lemons, just make lemonade!」

流ちょうな英語に続けて、

「人生からレモンを与えられたら、レモネードをつくればいいって」

半分ばかり残ったレモンイエローの液体が、明かりに透けてキラキラと光っている。まるでお辞儀をさせるみたいに、片手でこちらにそのグラスを傾けて、娘がいった。

「お母さん、いつもレモンをありがとう」

第5話

山椒は小粒

三袋目のパックを開いたところで、メールが届いた。大学生の次男からだ。「夕飯不要」。たったの四文字。それだけでどっと疲れが増したような気がする。きょうはバイトが休みといっていたのに、飲み会の誘いでもあったのだろうか。時計を見上げると、ちょうど夕方の五時半を回ったところだ。彼岸を過ぎたとはいえ、まだ明るさの残る日が、キッチンの窓越しに差し込んでいる。食卓に置かれたトレーの上には、すでに六十個の餃子が並んでいることになる。それを眺めて、光枝は、長く深いため息をつく。どうせなら、袋を開ける前に知らせてくれればいいのに。

いや、知らせてくるだけマシか。マスコミ関係に入社したての長男なんか、その日帰宅するかどうかも分からない。夫はといえば、相変わらず会社のことで頭がいっぱいで、ここ十年あまり、家で食事をするのは週末、ゴルフのない日だけである。

〈どうしようかな…〉

ダイニングテーブルの三分の一はあろうかという把手付きのトレーは、もはや餃子をつくるときぐらいしか登場しない代物だ。子どもたちが幼いころは、同級生がまとまって遊びに来たときとか、ママ友の集まりとか、かつてはそれなりに活躍していたはずだが、それも遠い昔の話。ところがきょう、なぜか急に餃子をつくろうと思い立ち、納戸からそれを持ち出してきて、包装紙を裏返しに広げ、全体に粉を振って準備する、その一連の動作を、光枝はほとんど無意識に行っていた。

食べ盛りの男子二人と、ガタイだけは息子たちに負けない夫が食卓を囲めば、大ぶりの餃子も六十個どころか百個近くがあっという間である。せっせとつくって、せっせと焼いて、三人の男たちの胃袋の中にどんどん消えていく。そんな日常が、まだどこかに沁みついているのだろうか。まだたっぷり並べる余地のある餃子のトレーと、特大のボウルにかなり残ったタネを交互に眺めて、しばし呆然とする。こんなにつくっちゃって、誰が食べるの。

〈バカみたい〉

そう小さく口に出したとたん、情けなさがこみ上げてきた。

近ごろの光枝は、これに限らず、やることが、どこかちぐはぐである。家族の予定など、カレンダーに書いておいても、うっかり見落としたりするし、ゴミ出しの曜日を間違えたり、同じ日用品を重ねて買ってきてしまうこともしょっちゅうだ。趣味の仲間で商店街の一角を間借りし、共同で小さな店をやっているのだが、週に一度の店番を忘れて、呼び出しを受けることもあった。それも、忙しさにまぎれてというのでは決してなく、ぼんやりして忘れていたと、あとで平謝りするものだから、人一倍責任感の強い光枝らしくないと、怒るよりかえって皆に心配される始末である。

らしくないといえば、何についてもやる気が起きず、集中力も続かなくなった。体力の衰えというのとはちょっと違うと思うが、確かに疲れやすく、とにかく気力が出ないのだ。子どもの手が離れてから、あれほど熱心に続けてきたビーズやレザークラフトも、このところ一向にはかどらない。細かい作業をする気になれないのもあるし、冬の乾燥時期でもないのに皮膚がカサカサし、指先のひび割れがひどく、針や工具を持つたびに「つッ」と声が出るくらい痛みが走るのも嫌だ。

これも更年期の症状なんだろうか。何でもそのせいにしたくはないが、そうとでも解釈しないと説明がつかない。年齢を経るごとに、自分の体が、思っているのと違う方向へ変わっていくことを想像するだけで、何ともいえない悲しい気持ちになる。こんな気持ち、たぶん家族の誰も分かってくれないだろう…。

いやいや。わが家の男たちだって、食べ盛りなんかとっくに過ぎて、昔のように白飯の茶碗片手にバクバク食べることなどありえないのだ。つくりかけの餃子の山を一瞥し、光枝はまた深いため息をついた。

そのまま椅子に寄りかかり、少し眠ってしまったらしい。気付けばすっかり日が暮れて、あたりは真っ暗である。食卓に片肘を立てて顎を乗せた姿勢のまま、しばらくぼんやりしてから、光枝はブルッと身震いし、キッチンの明かりをつけた、ちょうどそのとき、玄関のカギを開ける音がして、長男の和久が帰ってきた。「ただいま」という代わりに、母親の顔を見て、「寝てた?」と聞く。

「うん、ちょっとね」

「またかよ」

「またって何よ」

それには答えず、広げたままの餃子に目をやり、呆れたように、

「何だ、これ。餃子?」

「見れば分かるでしょ」

「こんなに…。誰が食うの?」

答えに窮し、同じように光枝も餃子に視線を向け、二人して黙り込む。そういえば、昔はこの子も嬉々として、餃子包みを手伝ってくれたっけ。

「癖が抜けないんだな」

「何の癖？」

昔の癖。彼と弟が小さかったころの。つくればつくるだけ、食べてくれていたころの癖。分かっているのに、敢えてたずねてみる。が、相手はそれには答えない。

「まあ、冷凍だな」

「食べないの？」

「腹減ってない。昼遅かったから」

えっと。この長男は、きのう帰ってきたんだっけ。まだボーッとしている頭で、光枝は思い出そうとした。で、きょうは何でまた、こんなに早いんだろう…。

「ちょっと寝るわ」

そういって、二階へ上がる間際に、

「自分も寝たほうがいいんじゃないの？」

光枝が振り返ると、

「夜寝れないから昼間眠くなるんだろ」

トントンと階段を駆け上がる足音を聞きながら、光枝は長男のいまの言葉を反復していた。夜寝られないから、昼間眠くなる。確かに最近の自分は眠りが浅い。寝つきが悪いし、夜中にたびたび目が覚める。疲れが抜けないのも、朝からだるいのも、そのためかもしれない。けど、そんなこと、息子にいったことがあったっけ。たまに顔を合わせる長男にさえ分かるほど、自分は弱って見えるんだろうか。

〈これって、病気なのかな〉

放っておいていいのだろうか。光枝はちょっと不安になった。更年期かうつ病か、あるいは別の病気か。もし、これが病気の症状というなら、もっと悪くなる可能性だってある。やっぱり一度どこかで診てもらったほうがいいのかもしれない。心療内科？ それとも婦人科か…。

秋口ともなると、日が落ちればやや肌寒く、光枝はもう一度身震いした。手足がやけに冷たい。これも最近気付いた体の変調の一つだ。目の端に餃子群が映っても、見ないふりして両手をこすり合わせる。作業を続ける気力はすっかり失せている。どうせ誰も食べないんだから、夕飯づくりは一時中断、とりあえず入浴でもして体を温めよう。放ったらかしのトレーの上に、せめて乾燥しないよう、気前よくバッとラップを切ってかけておく。

風呂上がりに寝室で一息ついて、ダイニングキッチンに向かうと、中からボソボソとくぐもった声がする。息子二人がせっせと手を動かしながら話をしているのだ。後ろから「伸ちゃんも帰ってたの」と声をかけると、二人同時に振り向く。ちょうど弟の伸二のほうが、餃子の皮を一枚つまみ上げたところだ。

「ただいま。マジかよ、これ。誰が食べんの」

いいながら、餃子の皮を手のひらに載せたまま、ひらひらと振ってみせる。兄の和久は黙って、ボウルからスプーンでタネをすくっている。

「お兄ちゃんと同じこといってる。つくっとけばいつか食べるでしょう」

「餃子になってなきゃ食べねえし」

「だな」

しばらくの間、二人は黙々と餃子包みの作業を続けていた。光枝は少し離れた長椅子に腰かけて、後ろ姿を眺めながら、ときどき始まっては途切れる兄と弟のかけ合いを、聞くともなく聞いていた。

「この分だと具が足りないな」

「うん。だいたいデカすぎるんだよ、うちの餃子は。こんな皮、どこに売ってんの？」

弟が振り向いて尋ねる。

「業務用、大判」

光枝が小声で答えると、

「えっ？」

「業務用ッ、大判ッ」

「ふーん…あっ」

仲二が何かひらめいたみたいだ。

「残ったの、ワンタンにしようぜ。皮が余んないように」

「ワンタンの皮は四角だろ」

「いいじゃん、原材料は同じだろ」

いうより早く、弟は方針を変え、タネを少し載せては半円形に畳んでいく。居酒屋でバイトをしているので、さすがに手際がいい。

「あ、それ、いい考え」

光枝は思わず称賛する。

「それならツルッと食べられるような気がする」

「なに？　食欲ないの？」

ワンタンづくりの手は止めずに、仲二が聞く。

「うん、まあ、あんまりね」

「じゃ、何で餃子なんかつくってんだよ。てか、何で食べないのに太んの？」

「伸ッ、それセクハラ」

「えっ、おふくろでも？」

「バカ、それは関係ない」

あまり気にとめていなかったが、確かに食欲は落ちている。膨満感というのだろうか、おなかが張っていて、空腹を感じないのだ。そのわりに体重は減らず、次男のいうように、顔もむくんで、むしろ以前より太って見える。

「ふーん。食欲ないんか…。あ、そんならこれに山椒の実とか入れたらどう？　ピリッとして旨いよな」

汚名返上とばかりに、伸二が居酒屋知識をひけらかす。

「あ、そういえば」

こんどは兄の和久が、何か思い付いたらしい。

「ばあちゃんが、山椒の実を持ってけっていってたんだ。忘れちゃったな」

「気付くの遅えなあ」

「どっちみち遅えだろ。いま思い付いても」

「あ、そっか」

エンドレスに続きそうな兄弟のかけ合いに、光枝が割って入る。

「えっ、おばあちゃんち？　行ったの？」

「うん、おとといか。泊まった」

「泊まった⁉」

「兄ちゃん、結構ヘビロテだよな、ばあちゃんち」

初耳だ。聞けば仕事で帰りが遅くなるときなど、週一ペースで泊まっているという。

「急行止まるし、座れるし、駅から近いから」

光枝の実家は同じ沿線の三駅ほど先にある。光枝は長女だが、三人姉弟はむろん各々家庭を持ち、いまは父母の二人暮らし。もともと息子たちはおばあちゃん子というか、祖父母の家が好きで、小さいころは毎週のように兄弟だけでお泊まりしていたし、単独でも思い立てば自転車で立ち寄る習慣は、大学生になっても変わらなかった。しかし、社会人になった長男が、常宿代わりに利用しているとは、母親のまったく知らない情報だ。

「ちゃんと連絡してから泊まりに行くんでしょうね⁉」

怒気を含んだ声で、光枝が尋ねるが、和久は気にもとめず、

「連絡…、いや、したりしなかったり」

首を左右に傾げながら、のらりくらりと答弁する。

「そんなの、迷惑じゃないの」

「別に、ただ風呂入って寝るだけだから。じいちゃんはとっくに寝てるし」

「パンツも駅前のコンビニで買えるしな」

弟が妙な助け舟を出す。

「おばあちゃんは起きてるでしょう。カギ開けなきゃならないし」

「カギはぁ、傘立てのぉ、下」

二人が変な抑揚をつけてハモり、顔を見合わせ、満足げにうなずく。

「あ、そうか…」

玄関脇の古めかしい傘立ての下、地面とのわずかな隙間に手を差し込むと、黄色い小袋に入ったカギが貼り付けられている。光枝が小学校のときからそうだった。

伸二が手際よくつくった、なんちゃってワンタン入りの中華スープを、三人ですすっていると、ほろ酔い加減の父親が帰ってきた。

「お、ワンタンスープか。うまそうだな。で、この餃子の大群はどうすんだ？」

その後、光枝は少し悪あがきをしてみた。悪あがきという表現が適切かどうか分からないが、他人のことにはすぐ口をはさむし、よけいな世話を焼きたがるくせに、自分のこととなるとまったく駄目で、急に引っ込み思案になってしまう。そんな性分が、今回ばかりは意を決して、自ら動く気になったという意味である。

手始めに、二年ほど怠っていた健診を受けることにした。地元の市民病院で血液検査の結果を待つ間に、問診でできるだけ詳しく自分の症状を説明し、心療内科のクリニックを紹介してもらいもした。しかし、検査の結果に目立った所見はなく、コレステロール値が上昇しているのと、やや血圧が高い程度。ただ、それも初期の更年期障害の範疇というものだった。また、心療内科の先生は、よく話を聞いてくれたが、とりあえず、睡眠導入剤と漢方薬を処方され、これも様子を見ましょうとの診断だった。

実家にはしばらく連絡をとっていない。検査の結果が出るまではと、何となく先延ばしにしていたのだが、結果が出ても、いま実感している自分の様態とは、ちょっと違う気がして、まだモヤモヤが続いている。元気なときはどんなに忙しくても、三日に一度は母の寛代と電話で話し、時には顔を見に出かけることもあった。母に電話して「元気なの?」と尋ね、少し話して様子をうかがい、気が済んで電話を切る。そんな行為も結局、自分が健康でなければできないことだと、このごろつくづく思ってしまう。

それに、母のことだから、声を聞くだけでこっちの体調をさとられる恐れもある。まあ、ぽつぽつメールを送り合っているから大丈夫。根拠もなくそう自分にいい聞かす。もし、両親に何かあれば、近くに住む妹がすぐ教えてくれるだろうし、〈和久だって会っているんだもの〉。光枝の中に、いわくいいがたい感情がまた湧き上がる。母親の自分にはろくに連絡も入れないくせに、祖父母の家には頻繁に顔を出す長男のことが、やはり引っかかっているのだろうか。年寄り思いの好青年に育ち、むしろ喜ばしいことに違いない。ところが、負けず嫌いの長女気質からか、どうしても素直に受け取れないのである。

そのうちに、しびれを切らしたのか、寛代のほうから電話が来た。

「あんた、お彼岸にも来ないつもり？」

いつになく強い母の口調で思い出した。今年は光枝の祖父の三十三回忌にあたる。命日は八月だが、祖母が亡くなったのも同じ年の十一月だったので、最後の追善法要でもあるし、二つ一緒にごく内輪で法事を行うことになっていた。お彼岸の墓参りついでに、寺とその相談をしようという予定だったのだ。ちょうど自分も電話しようと思っていたとか何とか取りつくろい、翌日の午後、実家へ赴くと開口一番、「あら、来週でもよかったのに」。きのうの電話が嘘のように機嫌よく迎えられた。

妹の晴美にメールすると、夕方には来られるというので、それまで二人、久しぶりに互いの近況を語り合う時間ができた。父親の伸明は、友人たちと共同で近所に借りている畑の手入れに忙しい。

「ねえ、何で教えてくれなかったの？　カズのこと」

やっぱり光枝は聞かずにいられない。

「何が？」

「そんなにしょっちゅう泊まりに来てるなんて、ちっとも知らなかった」

「ああ、そのこと。あんたも知ってると思ってた」

「知らないわよ〜、あの子、何もいわないんだもの」

ここに泊まりに来ることを母親は知っているのかと、寛代も尋ねたことがあるらしい。こちらから連絡しようかとも。しかし、わざわざ知らせることはない。そのうち自分でいうからと、和久は答えたそうだ。

「いいじゃないの、怪しいところに行くわけじゃなし。お父さんも顔を見れば喜んでるし」

「でも、迷惑じゃない？　夜食とか布団とか、お風呂のしたくとか」

「全然。何にも手がかからないわ。おなかが空いたら残りご飯をお茶漬けにして、ちゃんとお茶碗洗って伏せてある。お風呂を使ったら栓を抜いて洗っといてくれるし、かえって助かるくらい。あんた、いい子に育てたわねぇ」

文句の一つもいおうと思ったのに、逆に感心されて、光枝は何ともバツが悪い。

「遅くなったら最終の急行に間に合うようにダッシュするんだって。ここだとタクシー使わなくていいからって。若いのにしっかりしてるわ」

「ケチなだけよ」

負け惜しみついでに憎まれ口を利いても、寛代は聞こえないふりで、また感心している。と、急に真顔になり、娘の顔をまじまじ見つめて、

「体調悪いの？」

「えっ、何で？」

「かぁくんがいってたのよ。近ごろ調子悪そうだって。だから遅く帰ってご飯のしたくとか、させたくないんじゃないの？」

何と答えていいか分からず、光枝は黙り込む。

「夜眠れないの？」

「うーん、そうでもないけど」

「でも、昼間眠くなるんでしょう？」

「ちょっと疲れやすいだけ」

やにわに母が、食卓に載せた光代の右手を握った。

「冷たいわね。こんなに冷え性だったっけ？」

「う、うん、このごろ少しね」

手を引っ込めようとしても、母はギュッと片手で握ったまま離そうとしない。と、その視線が光枝の首元に注がれ、もう片方の手が、そっとそこに当てられた。

「腫れてない？」

「むくんでるだけでしょう？」

手を振り払おうとして、いやいやと首を左右に動かす。

「素直になりなさいッ」

鋭い語気とともに、光枝の右手と、首にあてがわれた両の手がパッと離れ、

「ちゃんと診てもらいなさい。子どもたちも心配してるんだから」

すぐにいつもの冷静で穏やかな母の声が聞こえた。そのとたん、魔法が解けたように、光枝の心をおおっていた重くて硬いよろいのようなものが取り除かれ、涙がポロポロあふれ出た。

「診てもらったのよ、ちゃんと診てもらったの。でも何ともないって…」

気がつくと、子どものようにしゃくり上げて、泣いていた。泣きながら顔を上げると、母の寛代が、うんうんとうなずきながら、自分を見つめている。

「もしかしたら、もしかしたらね。甲状腺の病気かもしれない。血液検査で」

「血液検査もしたのッ、でも何ともなかったの」

「聞いて、光枝、みっちゃん。甲状腺って、普通の検査じゃ、分からないこともあるんだって。ね、若葉ちゃんが教えてくれたでしょ。でも、専門のところでちゃんと調べれば分かるの。分かったら、ちゃんと治療できるの。だから、ね、調べてもらおう。ね」

母もいつのまにか、まるで子どもを落ち着かせるような口調になっている。

若葉は光枝の弟、末っ子の徹の妻である。結婚前に甲状腺機能亢進症のバセドウ病を発症し、闘病後、二人の子を授かった。いま若葉が携わっているＮＰＯ法人も、確か甲状腺疾患に関連した団体だ。光枝が落ち着きを取り戻したのを見はからい、寛代は茶の間の引き出しから、そのＮＰＯで発行しているパンフレットを持ってきた。

「ほら。あれから私も少し勉強したのよ」

と、母はエヘンと胸を張る。そこへ、「なになに？」と、妹の晴美が入ってきた。

「何の相談？　あれ、法事の相談じゃないの？」

そして、姉の顔をひと目見て、

「あれ、お姉ちゃん、太った？」

「いきなり何⁉」

ムッとして晴美をにらみつけた光枝は、もうすっかり長女の顔に戻っていた。

誰もいない家に帰ってくると、光枝はすぐに洗面所の化粧台のところへ行き、鏡の前で自分の首元をしみじみと眺めてみた。いわれてみれば、首の付け根のところが、ひと回りふっくらとしている。触ると思ったより硬く、少し指に当たる。母の寛代がいうとおり、やっぱりこれは、甲状腺が腫れているということなんだろうか。急に落ち着かない気分になって、薄暗い化粧台の前で一人、光枝は身震いした。夜気が背中に冷たい。週末はもう彼岸の中日だ。

「ちゃんと診てもらいなさい。診察の日程が合わなければ墓参りにも来なくていいから」

帰り際まで、母は何度もそう念を押していた。玄関先で見せた気遣わしげな顔が目に浮かぶ。洗面所の明かりを消し、廊下に出ると、家の中が一瞬真っ暗になった。きょうも夫や息子たちは遅いのだろう。先日つくった餃子の大半は、まだ冷凍庫に収まっている。あのときの兄弟のたわいのない会話も、父親の間の悪い登場の仕方も、わが家ではいつもの光景なのに、光枝にはなぜか遠い昔の出来事のように感じられた。

ダイニングキッチンの明かりをつけて、テーブルの上に、帰りがけに母から渡された冊子を広げたが、すぐに読む気になれない。義妹の若葉がかかわっているというＮＰＯ法人のパンフレットだ。そういえば、若葉の母親は、いまの自分と変わらない年齢で亡くなったと聞いた。父と弟の男所帯の中で、それでもおそらく何不自由なく幸せに育ったのだろうと想像できるが、あの明るく聡明な彼女のかたわらに、娘のことでいちいち気をもむ人の存在は、あっただろうか。光枝にとっての寛代のように。

ぼんやりとそんなことを考えていたところへ、携帯電話が鳴った。なんと、当の若葉である。

「もしもし、お義姉さん？」

母の寛代は、光枝たちが帰ると、すぐさま若葉に連絡したらしい。末っ子の嫁と姑とは、想像以上にツーカーの仲なのだ。結婚したてのころの若葉は、おとなしくて控えめで、どちらかというと弱々しい印象だったが、それには発症したばかりのバセドウ病も関係していたのかもしれない。いまは『寛解』といって、治療も休止しており、元気で快活なお母さんになって、甲斐家にもすっかり溶け込んでいる。

若葉は、雑誌の編集という仕事とは別に、甲状腺疾患に関するＮＰＯ法人『ファルファッレ』の主宰を務めている。自身のバセドウ病をきっかけに、この病気のことを多くの人に知ってほしいと考え、知り合いの医師らとともに立ち上げた。まだ規模は小さいものの、専門医による講演やワークショップ、ミニコンサートなどを行い、少しずつその輪を広げているのだと、母から聞いたことがある。

光枝の様子を聞いた若葉が一番気になったのは、やはり首元の腫れだという。とにかく一度、診てもらったほうがいい。義妹の意見も母親と同じだった。

翌週半ば、光枝は電車で一時間ほどかけて、隣県の私鉄沿線の駅に降り立った。もちろん初めて降りる駅だ。ロータリーからして光枝の住む町とは趣の違う、いかにも新興の高級住宅地の入口といった風景である。若葉のメールに示された地図をたどり、駅前のショッピングモールを抜けて五分ほど歩くと、瀬戸甲状腺クリニックという看板が見えてきた。若葉の弟が院長を務める甲状腺専門クリニックである。中に入ると、天井の高い開放的な空間が広がり、明るい色の長椅子が並んでいる。真新しいクリームイエローの壁に、吹き抜けの窓から、秋の日差しが注いでいた。

実をいうと、若葉の弟が医院を開業したことを、光枝はつい先日まで知らなかった。なにしろ、彼に会ったのは、弟の徹と若葉の結婚式当日の一度きり。あのときは、まだ大学生だったと思う。しかし、医大生ではなかった。確か整形外科医の父親と同じ道へ進むのを嫌がったとか何とか、ちらっと耳にした記憶がある。あれから二十年近く。その間に、実家で徹や若葉と顔を合わせたときとか、母の寛代を通じて噂を聞いていてもおかしくはないのだが、光枝はすっかりその存在を失念していたのである。

診察室に入り、まずは月並みな挨拶を交わし、問診、触診、超音波検査、そして血液検査と、半日ほどかけて一連の検査・診察が行われた。その間、光枝はチラッ、チラッと、院長の瀬戸孝太郎の顔を見ていたが、やはり学生だった花嫁の弟の彼と、医師であるいまの彼とが、なかなか結び付かない。まったく記憶というのは当てにならないものだ。

「甲状腺ホルモンが減っていますね。反対にこのＴＳＨ、甲状腺刺激ホルモンのほうは高くなっています。甲状腺機能低下症ですね」

検査数値を確認しながら、孝太郎はいった。

「それから、この下に三つあるのが、甲状腺の自己抗体なんですが、そのうちの二つ、橋本病の抗体がどちらも陽性です」

だるい、気力が出ない、眠いといった体の変調は、いずれも甲状腺機能の低下によるもので、光枝は甲状腺機能低下症の代表的疾患、橋本病という診断を受けた。

「あの、バセドウ病とは違うんですか？」

「そうですね。違います」

瀬戸医師はにっこり笑って説明を続けた。バセドウ病も橋本病も、同じ自己免疫疾患だが、バセドウ病は甲状腺機能亢進症といって、橋本病とは逆に甲状腺ホルモンが増加し、機能が過剰に高まる。そのため、イライラしたり、暑がりになったり、動悸がするなど、橋本病とは反対の症状が出やすいのだ。ただ、どちらの場合も、甲状腺が肥大して、首まわりに腫れが見られることがある。

専門的な用語を極力排した、簡潔でていねいな説明だったが、残念ながら光枝にはその半分も頭に入らなかった。ただ、この甲状腺専門医が最後に、自らにいい聞かすように付け加えた、およそ医者らしくない言葉に胸が熱くなった。

「甲状腺は小さいけど、我慢強くて頑張り屋の臓器なんですよ」

自己免疫疾患とは、体内に入ってくる異物から体を守るために備わったシステムに何らかの狂いが生じ、自分の体に対して抗体をつくり、自分を攻撃してしまうというものである。バセドウ病も、橋本病も、そうした別々の自己抗体の出現により発症するが、初期の症状はごく一般的で、日常生活に即座に支障をきたすものではない。

しかし、バセドウ病の抗体は、持ち主の生命活動を活発化させるべく、躍起になって甲状腺ホルモンを産出させ、もう一方の橋本病の抗体は、甲状腺自体を敵とみなして攻め立てるという具合に、両者とも、持ち主の意図を解さず懸命に働き、その結果、甲状腺は、本来の働きから脱線し、やがて、病気の存在を表立って知らせなければならなくなるのだ。

瀬戸医師はたぶん、このことをいっている。小さな臓器の健気な頑張りをねぎらうようなその言葉は、まるで光枝を、そして同時に、彼の姉の若葉を励ましているようにも聞こえた。

引き続き今後の治療方針について話し始める院長をぼんやり見つめながら、光枝はしみじみと、何とも場違いな言葉を口にした。

「本当に、お医者さまになったんですねぇー」

光枝の症状は、三カ月ほど服薬治療を続けるうちに、ゆっくりと薄紙がはがれるように回復していった。首の腫れもほとんど目立たなくなった。橋本病はバセドウ病と同じく、完治するということはないが、不足した甲状腺ホルモンを補い、血中の甲状腺ホルモンの量を安定させ、甲状腺刺激ホルモン（ＴＳＨ）が正常値まで下がれば、その後は維持療法となる。それまで、もうしばらく様子を見ていきましょうと、主治医となった瀬戸孝太郎にいわれている。

光枝の子どもたちは、母親と違って、孝太郎のことをよく知っていた。農学部を出て、製薬会社に勤務したあと、地方の国立大医学部に入り直したことも、つい先ごろ独立し、父親の整形外科の跡を継いで開業したことも。何でも、瀬戸孝太郎は、理由は知らないが、彼らのいとこ、徹夫婦の息子の寛太にとってはヒーローなのだそうで、その消息について、逐一報告を受けていたという。

ただ、何科の医師になったかは聞かされておらず、てっきり整形外科医とばかり思っていたらしく、光枝が彼のクリニックに通院することになったと聞いて驚いていた。しかも、内科とか外科とかメジャーなものではなく、聞いたこともない甲状腺専門のクリニックと知ると、さらに興味が湧いたようで、診察日のあとは、母親の治療の経過など二の次で、院長と何を話したのかと、かわるがわる尋ねてくる始末だ。

そんなこともあって、実は家族は、自分が元の体調を取り戻して、やたら元気になるのが厄介なことだと思っているのではないかと、光枝は疑ったりもする。小うるさくて面倒くさい母親のカムバックより、ちょっと弱気でおとなしいままでいてほしいと思っているんじゃないだろうか。

実家に帰ってそんな話をしたら、案の定、母の寛代にすぐさま一喝された。

「また、あんたは素直じゃないんだからッ」

それでも、顔色もよく、むくみも取れてすっきりした娘の様子を見て、母は安心したようだ。

「うるさくたって何だって、母親はね、元気なほうがいいの」

五月の連休に入る少し前。友人宅の竹林で父が掘り出してきたタケノコを、取りにくるよう呼ばれ、一番乗りで行ってみると、姉弟三世帯分のタケノコは大鍋でとっくに茹で上がっていた。穂先の煮物もたっぷりつくってある。庭に出て、山椒の葉を摘み、手のひらに載せ、パンッと叩いて開くと、爽やかな香りがふんわり立ち上った。こうすると、葉の細胞が壊れて匂い成分が洩れ出すのだと、昔、母に教わったことがある。

「そういえば去年の実はどうした？」

と、母は自分でいった先から思い出し、

「あ、そうか。かぁくん、忘れてったから、うちで冷凍しちゃったんだ」

「そうよ。もらってないよ」

同じころ大量につくって冷凍保存した餃子は、年末にようやく消化できた。

「じゃ、きょう、できてる分だけ実も摘んで持ってく？　それとも、去年の分で、いまから佃煮でもつくろうか」

「いや、うちでつくる」

母は少しの間、娘の顔を眺めていたが、「そうね」とだけいって、うなずいた。

「ねえ、餃子に山椒を入れると美味しいんだって」

「そうなの？」

「シンがいってた。ピリッとして何個でも食べられるって」

「へえー。ほんと、小さくても頑張るわぁ」

「何が？」

「何って、山椒がよ」

「変ないい方」

二人、顔を見合わせ、笑ってから、母は急に真顔になり、

「みっちゃん、あなた、自分を大事にしなさいよ」

「何それ。またぁ、子ども扱いして」

茶化して応じながら、光枝は、瀬戸医師のあの言葉を思い出していた。小さくても我慢強い

頑張り屋さん。叩かれて、自分を傷めつけて、清々しい香りを放つ小さな木の芽と、小粒ながらピリリと辛い山椒の実。体の中に、初夏の涼風が吹き込んでくるような気がした。

〈帰ったら久しぶりに餃子でもつくろうかな。山椒入りの。こんどはちゃんと数を加減して〉

第6話　アスリートの彼女

「…聞いてる?…孝ちゃん…孝太郎ッ、コウ!」

パソコンの脇に置いた携帯電話のスピーカーからの大音量に、ビクッと肩が反応する。

「ん?　ああ、聞いてるよ…」

「嘘、寝てたでしょう」

冷静を装ってはいるが、姉の声は明らかに怒気を帯びている。

いつものように、瀬戸孝太郎が診療を終えて帰宅し、入浴後、読みかけの資料を開く前に、とりあえず、メールをチェックしようとデスクトップのパソコンを開いたところで、姉の若葉から電話が入った。普段ならメールで済ますのに、めったにないことだから、何かあったのかと気になって出たとたん、これもいつものように、前置きなしの若葉トークが始まった。もちろん、ちゃんと聞くつもりはあったのだが、どうも孝太郎の脳は昔から、姉の長い話には子守唄みたいな反応をするらしい。

「うーんと、寛太がどうしたって…？」

ぼんやりした頭の縁から言葉を引きずり出すと、

「違う、だから、真紀ちゃんのことよ」

真紀ちゃんというのは、甥の寛太の同級生、木原真紀のことだ。二人は保育園のときからの幼なじみで、小学校は最初、別々だったが、寛太一家が母親の実家に引っ越したあと、同じ学校へ通学することになり、家族ぐるみの付き合いが復活した。孝太郎も何度か顔を合わせたことがあるが、快活で、好奇心旺盛で、すこぶる元気な女の子という印象である。

何より、寛太の爬虫類好きにも非常に寛容で、母や妹ですら入るのをためらうカメレオン部屋を嬉々として訪問しては、口の重い寛太を適当にあしらいながら、何時間も飽きずに滞在するところが何とも好ましい。寛太のほうもまんざらでもないようで、溺愛するペットの生態について熱心に質問されるものだから、重い口もやや滑らかになる。そんな二人のやり取りを、孝太郎はいつも微笑ましく見守っていたものだ。もっとも、母親の若葉が断言する彼女説については、叔父の見る限り信憑性は薄い。

確か二人は今年から、再び別々の高校に進学したはずだ。寛太は、孝太郎も通った地元県立の進学校。真紀の高校は同じく県立だが隣町にある。中学のとき、早々に帰宅部を決め込み、自己のオタクめいた趣味に没頭するようになった寛太とは違い、真紀は体操部に入って才能を開花させ、早くからエースとして活躍。県内でも有数のスポーツ強豪校に推薦入学を果たした。

「えっと、真紀ちゃんが何だって？」

さっきの勢いはどこへやら、急にトーンの下がった若葉を促し、ポツポツと話を聞き出して、孝太郎はようやく、姉が自分に相談してきた意味を理解した。

中三の春休みに一度、顔を見せたきり、真紀とはすっかり疎遠になっていたという。寛太に尋ねても、例の調子で「さあ…」と首を傾げるばかり。「連絡取ってないの？　彼女でしょう⁉」と、ついこっちが攻め口調になると、

「付き合ってねえし。彼女じゃねえし」

プイと横を向いて取り付く島もない。まあ、きっと部活が忙しいのだろう。全国大会常連校で、中学とは桁違いのレベルの厳しい練習に明け暮れる日々を送っているに違いない。幼なじみのおばさんが声をかけても迷惑だろうと思っていたが、夏休みも半分過ぎたころ、地元のショッピングモールで、ばったり真紀ママに会った。さっそく、真紀ちゃんの消息を聞こうと、満面の笑顔で近付いたところ、相手は何とも沈鬱な表情で、事情を明かしてくれたという。

「前に相談したこと、あったでしょう？　あの、ほら、こっちの姪っ子の…」

「ああ…」

思い出した。姪っ子とは、若葉の娘のちひろのことではなく、夫の徹のほうの姪、若葉の義姉の一人娘だ。確か、母親が晴美だから、その子はみ、み、み…。

「そう、美晴ちゃん」

彼女が高校二年か三年のころ、過度なダイエットが原因で生理が止まってしまったことがある。好きなバレエに打ち込むあまりの行動だったが、何かの拍子にその話を耳にして、

「一度、婦人科で調べてもらったらどうか」

と、孝太郎が助言したことがあるのだ。若葉がさっそくそれを義姉に伝え、市立病院の産婦人科で血液検査を行うと、甲状腺ホルモン値が低下していることが分かり、同じ病院の甲状腺内科で、やはりダイエットによる栄養失調が引き金となって起きる非甲状腺疾患「低T_3症候群」と診断された。

人間の体には、環境の変化に左右されることなく、その働きや状態を一定に保つシステムが本来備わっている。ホメオスタシス（生体恒常性維持機構）と呼ばれるものだが、甲状腺ホルモンはこの機構と密接にかかわる。極端な話、激しい寒暖差や恐怖などの強烈なストレスにさらされても、そのつど体内の甲状腺ホルモン量が微妙に調整され、一定に保たれることによって、人は何とか生き延びられるともいえるのだ。

生命の維持といえば、人間はもちろん生物一般にとって、最も切実な問題となるのが、飢餓状態に瀕したときである。本来は新陳代謝の活発化に作用する甲状腺ホルモンだが、栄養不足になると、生命を長らえるために消費エネルギーをなるべく節約しようと、甲状腺ホルモンのうち実働部隊であるFT_3が低下するのである。ただ、その際、待機ホルモンといえるFT_4は低下せず、甲状腺のセーフティ・ネットの一つとして作用する甲状腺刺激ホルモン（ＴＳＨ）の上昇はみられない。甲状腺自体の異常ではないので、非甲状腺疾患と呼ばれるわけだ。

甲状腺ホルモンが少なくなると、その影響は卵胞や卵・胚におよぶ。卵胞が成長しにくくなり、排卵がしっかりと行われない場合も考えられるのである。また、これも甲状腺のセーフティ・ネットの一役、ＴＳＨの分泌量を増やすために、脳の視床下部から下垂体へ送られる物質ＴＳＨ放出ホルモン（ＴＲＨ）が、卵胞の成長を妨げる働きもあるプロラクチンの分泌を増加させることが知られている。

実は、甲状腺ホルモンが卵胞の発育や黄体の機能にどこまで関与しているかは、まだ十分には解明されていないのだが、少なくとも、過度な減量によって甲状腺ホルモンが低下し、生理不順あるいは無月経となる場合もあるというのは、甲状腺専門医の認識としてはごく一般的である。それに、いくら「甲状腺疾患に非ず」という意味の非甲状腺疾患とはいえ、長引けば回復しにくくなり、深刻な事態に陥らないとも限らないのだ。

受診後すぐに、若葉夫婦の姪、美晴は、無理なダイエットをやめ、普段どおりの食事をとるようになって、体調も回復。まもなく生理も来るようになった。それまで母親の晴美が何度説得しても聞く耳を持たなかったそうだが、実際、疲労感がひどく、集中力もなくなり、バレエのレッスンどころではなかったらしい。患者でもない、そればかりか面識もない遠い親戚の女の子の話を人づてに聞き、立場上ふと漏らした孝太郎の一言だったが、姉の若葉を介してその情報が一定の本気度をともなって本人とその家族に伝わったのは、時期的にも幸運だった。大学生になったいまは、自身が考案した野菜中心のヘルシーメニューで、健康的なスタイルを保っているという。

「それでね、真紀ちゃんのことだけど、それも甲状腺と関係ある？」

「うん…、ちょっと違うけど」

孝太郎も軽々には答えられず、黙り込む。

アスリートと甲状腺機能との関連性については、これまでもいくつかの研究が発表されている。もちろん運動と栄養とは密接に関係しているから、エネルギー摂取の問題においても、甲状腺ホルモンとの連携は十分に考えられる。実際、過去四十年の研究でも、激しい運動が甲状腺機能低下症を誘発する可能性が示されてもいるのだ。さらに、過去に三カ月以上月経が停止した、いわゆる「続発性無月経」を経験した女性アスリートで、FT_3およびFT_4の減少がみられたという報告もある。美晴の例でも分かるとおり、FT_3は急激な体重変化に敏感なだけに、摂食障害などがしばしば課題となる若いアスリートに対してモニタリングの指針の一つとするといった動きもあるようだ。

聞けば中三の三学期ぐらいから、真紀はたびたび生理不順を母親に訴えるようになっていたらしい。ところが、高校に進学し、体操部の練習が本格的に始まったころ、たった一言、「生理が来ない」といって、母親を驚かせて以降、真紀は一切そのことには触れなくなった。学校にも毎日行っている。部活も続けている。しかし、体調については、自分からあまり話さなくなり、いまは母親が聞いても「大丈夫」というだけで、何も答えなくなってしまったという。

あの、元気ではつらつとした真紀ちゃんが…。想像がつかないと若葉はいうが、それは孝太郎も同じだ。何度目かの沈黙のあと、

「寛太はこのこと、知ってる？」

「えっ⁉」

ふいを突かれて、若葉の声が詰まる。

「し…知ってるわけないでしょう」

「何で？」

「何でって…、私もお母さんから聞いたばかりだし、美晴ちゃんと同じようなことかなと思って…でも、違うのね」

「うん…。まだ分からないけどね。いまの段階では」

再び沈黙が落ちる。四十を超えた姉弟が、こんな夜半に途切れがちな会話を交わすなんて、めったにない事態である。確かに、いまの段階で若葉が真紀にしてやれることは何もない。母親にすら話さない悩みを、すんなり若葉に打ち明けるとも思えないし、それをいうなら、孝太郎なんかもっとお門違いだ。たとえ甲状腺専門医でも、いまの段階では。

「だって、寛太は男の子でしょう。それにまだ高校生だし」

唐突に若葉がつぶやく。話しかけるというより、自分に問いかけるみたいに小さな声だ。弟の一言で、さっきまで息子の幼なじみの女の子を純粋に心配していたはずの若葉の中に、母親としての、漠然とした不安のようなものが混じり始めたのかもしれない。

「うん…。ただ、話さないのもちょっと、変だよね」

たたみかけるように、慎重に言葉を選びながら、孝太郎が応じる。

「知らないままじゃ、寛太はきっと嫌だと思うよ」

「うん…。真紀ちゃんのことなんだもんね」

「そう。寛太だし」

「そうね。寛太だもんね」

妙な納得の仕方で、それでも姉弟の意見は一致し、その日の電話会談は終了した。

寛太の携帯からメールが届いたのは、八月も終わりに近いころである。夏期講習が明日終わるので、帰りに孝太郎のクリニックに立ち寄ってもいいか？という、ごく短い内容だった。八時を回ってしまうかもしれないが構わないかと尋ねると、一言「ちょうどいい」と返信が来た。

翌日、孝太郎が診察室のパソコンの前で一人、事務仕事をそろそろ終えようというとき、真っ暗だった受付のあたりがパッと明るくなり、にぎやかな話し声が聞こえてきた。看護師の花田さんだ。とっくに帰ったと思っていたが、駅に向かう道で寛太を見かけ、急いで引き返し、クリニックの前で呼びとめて、カギを開けてくれたのだった。確か二人が最後に会ったのは、寛太が小六くらいのときだったから、よく分かったねと驚いてみせると、

「だって、似てるもの」

「似てるって、えっ、俺に？」

まさか。

「ええ、雰囲気が、そっくり」

花田は、うわの空で答えて、

「ほんと、大きくなったわねぇ〜」

高校生になり、一段と背の伸びた寛太を仰ぎ見て、何度目かの感嘆の声を上げる。当人はといえば、突っ立ったまま、あいまいな笑みを浮かべて、目はキョロキョロとほの暗い待合室を眺め回している。それを見て孝太郎はとっさに思い付き、花田チーフに院内をざっと案内してくれるよう頼むと、お安い御用とばかりに寛太を引率していった。その間に、孝太郎は大急ぎで残りの作業を片付け、見学の最後に二人が診察室に入ってきて、デスクトップのパソコンをのぞき込んだところで、

「夕飯まだだろ。そばでも食いに行こう」

と、まだ何かいいたそうな花田を急き立て、一緒に外に出た。

駅までの商店街の中ほどにある老舗そば屋の前で花田と別れ、寛太と孝太郎は、店の奥の向かい合わせの席に落ち着いた。閉店まで小一時間といった店内はそこそこ埋まっているが、一人客ばかりで存外静かだ。厨房脇の高棚にしつらえた旧型のテレビに映る野球中継も、ずいぶん音が絞られている。天井にわたった黒々とした太い梁や、年代物の柱時計を見上げながら、寛太は、

「ここ、来たことあるような気がする」

「あるんじゃないか？　じいちゃんもよく通ってたから」

孝太郎の甲状腺専門クリニックは以前、父の壮一郎、つまり寛太の祖父が整形外科を開業していた場所にある。寛太も幼い時分は、祖父や母に連れられ、何度か訪れていたはずだが、

「そうか、覚えてないか」

「あんまり…。いや、病院のことはちょっと覚えてる。こんなふうに老舗っぽかった」

「そりゃ、いい過ぎだろ」

思わず吹き出したが、寛太のほうは真顔だ。祖父が引退し、新たに開業した叔父のクリニックに彼が来たのは、きょうが初めてである。孝太郎がその感想を求める前に、

「全然違うもん。カッコいいよ。ザッツ開業医って感じ？」

「なんだ、そりゃ」

やっと二人で笑い合う。正面から見ると、寛太は確かに、父親である義兄の徹にはあまり似ていない。どちらかというと母親の若葉似だ。ということは、花田の言葉も案外当たっているのか。他人が見れば、自分と甥っ子は似ているのだろうか。

「夏期講習、きょうで終わりだって？」

「うん。きのう、テストだった」

「お、どうだった？」

「まあまあかな。結果は来週みたいだけど」

「あー、二学期になっても塾は続くんだ。頑張るなぁ」

「別に。高一だからまだ週二しか行ってないし、部活も週一だし」

ザルそばが運ばれてきて、しばらく二人は黙々と、そばをすする作業に集中した。そして、一つだけ追加で頼んだミニ天丼に取りかかる前に、寛太が切り出した。

「先週の日曜さ」

「ん？　うん」

「会った。真紀に」

「ああ」

孝太郎は食後の茶をすすりながら、次の言葉を待つ。

「聞いてみた」

天丼を一口かき込み、

「やっぱ、きつかったみたい」

「そうか。真紀ちゃん、話してくれたんだな」

母の若葉から、真紀の体調不良について聞かされたとき、〈何で俺に？〉と思ったが、すぐに思い直したそうだ。真紀がもし、新体操の厳しい練習に、その原因があるかもしれないと思ったとしたら、同じ部活の仲間には話せないだろう。かといって、自分の母親にもいえないことを、寛太のおかんの若葉に打ち明けるはずがない。しかし、それを黙って見過ごすおかんではない。そこで、孝太郎おじさんに相談したのは、たぶん正しい判断だったと思う。そして、その孝太郎おじさんが、俺に話すようすすめてくれたのなら、それも間違ってないんだろう…。

「生理が止まるって、やっぱ甲状腺ホルモンと関係あんの？」

空になったどんぶりをそっと置いてから、真っすぐに孝太郎の顔を見る。

「そうだな」

どこから説明しようか。

「甲状腺ホルモンと生理との関係は、本当はまだよく分かってないんだ」

ただ、甲状腺ホルモンが細胞や組織に作用を発揮するのに必要なレセプターは、卵胞の成長から黄体化、および胚の成長過程のすべてに存在する。さらに、月経から排卵までの卵胞期に分泌されるエストロゲン、排卵から月経が始まるまでの黄体期に多く分泌されるプロゲステロン、そのどちらの女性ホルモンも、脳の視床下部によってコントロールされているのだ。

「甲状腺のセーフティ・ネットについては、前に話したよな」

「ああ、ネガティブフィードバック？」

「そう」

「えーと、視床下部、下垂体、甲状腺、だっけ」

寛太が指を折って唱える。母親の胎内にいる胎生期から、ヒトの人生の節目節目で、欠かせない役割を果たす甲状腺ホルモンのことは、寛太から求められるまま、折あるごとに聞かせていた。おそらく寛太の中では、こうした生きるために欠かせないしくみは、次代に命をつなぐ生殖活動にも、ごく自然に結びついているのだろう。

「じゃ、女性アスリートの三主徴っていうのは、聞いたことある？」

「いや、初耳。またまた出ました、新情報」

寛太はがぜん目を輝かす。まったく何がアンテナに引っかかるか分からない。

近年、女性アスリートの健康管理上の問題として、三つの特徴が挙げられている。二十年ほど前にアメリカスポーツ学会が提唱したもので、激しい運動トレーニングを継続することによって、「利用可能エネルギーの不足」「無月経」「骨粗しょう症」の三つが相互に関連して発症するというものだ。

食事などから摂取するエネルギーから運動で消費されるエネルギーを差し引いた残りのエネルギー「利用可能エネルギー」量が不足する状態が続くと、身体の諸機能に影響をおよぼす。中でも、運動性無月経とも呼ばれる視床下部性無月経は、利用可能エネルギーの不足だけではなく、精神的・身体的ストレスや体重・体脂肪の減少、ホルモン環境の変化などによっても引き起こされる。こうした症状は、体操やフィギュアスケートなどの競技を筆頭に、女性アスリートの約四〇％を占めるという調査結果もある。

さらに、卵巣から分泌されるエストロゲンは、骨代謝にも関係するため、無月経が続いてエストロゲンが低下すると、骨量も減少する。このことが一〇代の女性アスリートの疲労骨折の危険因子ともなり、事実、血中のエストロゲン濃度が低いアスリートについて、疲労骨折のリスクが高いことも明らかになっている。

「やっぱ、会って話聞いてよかったんだな」

「そうだよ。よく話してくれたよ」

「うん。真紀も、話せてよかったっていってた」

「そうだな。不安だったろうからな」

近いうち叔父に相談してみると、真紀には伝えたそうだ。直接連絡できるよう、メールのアドレスを教えていいかというので、孝太郎は「もちろん」と答えた。

気がつくと、閉店時間はもう過ぎていて、孝太郎たち以外、客は一人もいなかった。厨房の奥から、やかんを持って出てきた店主に詫びを入れると、「いいからいいから」と片手を振りながら、冷えた麦茶を注いでくれた。

「ずいぶん難しい話をしてるねー。さすがお医者さんだねー」

といって目を細め、店主はまた奥に引っ込んでいった。その言葉に反応したのか、寛太はちょっと難しい顔をつくり、ため息交じりにいう。

「何か女の人って、大変だな」

「うん…。いや、男だって、それなりに大変だ」

「そっか、関係ないか」

生きるってことは、男女にかかわりなく大変だ。孝太郎は、胸の奥がじんわりと温かくなるのを感じていた。若葉が孝太郎の意見を汲み、高一の息子に率直な申し出をしたこと。母親の願いを容れ、真紀の苦痛を解消するため、寛太が迷いなく行動したこと。真紀もその好意に応えて、世間的にみれば口にしづらいような悩みを、素直に寛太に話したこと。幼なじみ同士の全幅の信頼と、男女を超えて理解し合おうとする二人のその試みに、柄にもなく感じ入ったのである。そして、そんなふうに息子を育てた姉の若葉への尊敬の念が、あらためて湧いてきた。

「真紀ちゃんもよかったと思ってるんじゃないか。寛太みたいのが彼氏で」

「彼氏じゃねえし」

寛太はおどけて眉を上げ、コップの麦茶をガブリと飲んだ。

孝太郎のマンションは、クリニックをはさんで、いまは寛太たちが住む実家とは反対の方角にある。開業前、総合病院に勤めていたときからの一ＤＫだ。直線なら大した距離ではないのだが、電車だと四十~五十分というところか。車で送るというのを断り、寛太は、そばの礼をいって、駅までの道を走り出す。その背中に、

「あれ、部活って何やってんだっけ？」

立ち止まり、振り向いて、なぜかニヤリと笑い、

「生命科学研究会」

「はっ!?」

その全容を推し量りかね、呆然とする孝太郎を置き去りにして、寛太はシャッターの下りた商店街の向こうに消えていった。

第7話
寛容と忍耐と

ノートパソコンの画面から目を離し、窓越しにテラスの外を眺めると、マンションの向かいにあるファミレスの先に、銀杏並木が見える。〈だいぶ色付いてきたな〉と思いながら、思わず背筋を伸ばした拍子に、下腹の右のあたりがぐるんと動いた。慌てておなかに手を当て、

「はいはい、きょうも元気でしゅね」

と、仁美はなだめるような口調で話しかけ、そっとなでさする。不思議なもので、仕事に集中しているときはウンともスンともいわないのに、一段落したとたんに動き出し、しばらくは蹴りたい放題が続くから、機嫌をとるのが大変だ。

「もうすぐ秋も本番でしゅよ。そしたら君に会えましゅねー」

その赤ちゃん言葉といい、仁美の性格上、とても他人には見せられない。昼間、一人でリ

モートワークをしているからこそできる特権である。

夫の尚人はまるで逆で、ちょっと動いたと聞くと、すぐさま飛んできて、仁美のおなかに手をやり、なでるわ、話しかけるわ、果ては耳を当てて音を聴こうとするわで、うっとうしくてかなわない。予想はしていたものの、これでは生まれてからが思いやられる。

妊娠が分かったときの、尚人の喜びようを思い出すたび、仁美はちょっと複雑な気持ちになる。自分はさほど子どもを望まなかったし、このまま夫婦二人で気ままにやるのもいいかなと思っていたのだ。

物心ついてから、仁美を取り巻く家族の単位はすこぶるシンプルだった。最初は一人っ子の親子三人暮らし、父が亡くなってからは、母娘二人。周囲にはやや寂しげに映るような家も慣れっこで、別にどうということもなかった。二十歳を過ぎ、母の干渉から一刻も早く逃れたくて、とりあえず選んだ同級生の尚人と、大恋愛というのでもなく、成り行きで一緒に暮らし始めたが、学生時代の延長みたいな結婚生活を続ける中で、その手近なパートナーが思わぬ当たりクジと気付くのは、何年も経ってからのことである。

卒業後、幸運にも、誰もが名を知るＩＴ大手に採用され、一足先に社会人となり、博士課程へ進む夫を養う格好になった仁美を、世間は糟糠の妻などと呼ぶのかもしれない。が、実態は大違いである。家事はほとんど尚人が担当。得意の数学で家計をやり繰りし、一ＤＫの部屋はいつもピカピカ。慣れない会社勤めでヘトヘトに疲れて帰宅する仁美を、小学生の時分から包丁を握っていたという腕前の料理で迎えてくれる。仁美がどれだけ愚痴ろうが、イライラして八つ当たりしようが、場違いにハシャごうが、どんなにテンションが乱高下しても、尚人はつねに変わらぬ穏やかな笑顔で話を聞き、求められれば的確な助言をし、時にはともに喜びを分け合った。絶妙な温度で平常心を維持するそのポテンシャルは驚嘆に値する。ギクシャクした母との関係も、彼がいなければ、もっと収拾のつかないものになっていたに違いない。

入社して足かけ十年、順調に業績を拡大する会社で、仁美も経験と実績を積み、いまや若手のリーダー格である。負けず嫌いの性格に、夫の内助の功も幸いしてか、上司や後輩の信頼も厚く、二年前には、社が新たに参入した部門でチーフに抜擢された。その間、夫の尚人は無事博士号を取得。教授推薦により現在の職場で主任研究員の職に就き、それを機に、思い出深い学生街のアパートから、都内近郊の住宅街にある二ＬＤＫの低層マンションに越してきた。

中庭をはさんで、ファミレスの屋根と銀杏並木が、一階からも見下ろせるのは、ここが少し高台になっているからだ。テラスに出ると、ファミレスの脇の公園まで一望できる。その景色が気に入って、真っ先にこの部屋に決めたのは尚人だが、思えばこのころから、仁美の心境にも、少しずつ変化が訪れ始めていた。

大手ＩＴ企業とあって、仁美の会社は福利厚生の制度も手厚く整備されており、加えて時勢柄、働き方改革も先駆的に提唱されている。とりわけ男女の雇用形態の差異是正には敏感で、社をあげてワークライフバランスの充実に取り組んでいる。こうした社内の空気も奏功し、周囲の女性上司や先輩の多くが、将来のビジョンを描きつつ、柔軟にライフプランを組み立てているようだ。当然のことながら、そこには出産や子育てなども含まれる。

「ところが、そう計画どおりにはいかないのよ」

入社時に同じ部署でデスクを並べ、プライベートでも仲の良い先輩の一人が、ポツリとこぼした一言が、その後の仁美に少なからぬ影響を与えることになった。

社には月に一、二度、部署や役職を超えて開かれる女子会があり、仁美も新人のころから、都合がつけば参加するようにしている。会社設立以来の伝統ある会といっても、強制力なし、縛りなし、二次会なし、出入り自由のごくゆるい集まりだが、これが存外有益な情報交換の場となっていて、働き方改革の草案づくりにも一役買っていると聞く。

その先輩は、一昨年長男を出産し、半年前に産休が明け、久しぶりに女子会に顔を出した。その日は実家に子どもを預けているとかで、相変わらずの飲みっぷりと歯切れの良いトークに、いつもながら仁美はホレボレする。そろそろ第二子をと考えているそうだが、計画どおりにいかないというのはそのことらしい。一人目を出産したら、二人目も当たり前に妊娠できると考えていたのに、実際にはそれほど単純なものではないというのだ。

「甲状腺ホルモンって、知ってる？」

とっさにそう聞かれても、仁美には答えようがないが、甲状腺という臓器から分泌される甲状腺ホルモンは、人間の生命維持に欠かせないホルモンの一つで、胎児の成長にも大きく寄与しているという。生まれる前、体のさまざまな器官が形成される最も重要な時期に、母親の胎盤を通して、栄養や酸素とともに甲状腺ホルモンも供給され、赤ちゃんが育つ。不足すれば脳や骨の成長が妨げられ、流産の原因にもなるといわれているが、出産後も、甲状腺ホルモンのバランスが崩れることにより、産後うつと間違われるような症状を引き起こすケースも報告されているのだ。

「私もなりかけたもの。うつに」

「えっ⁉」

ワイングラスを片手にローストチキンをほおばる姿からは想像もつかないが、先輩の場合、第二子の妊活を始めようとした時点で、血中の甲状腺ホルモン量が低下していることが分かったという。幸い、詳しい検査の結果、産後にみられる一過性の甲状腺機能低下症と診断され、軽度であったため治療の必要はなかったが、実際、妊娠・出産を機に、甲状腺の病気を発症するケースも少なくないらしい。

甲状腺疾患の大半は、自己免疫疾患である。本来、人間が外敵の侵入から自身を守るために備えられた免疫反応が、全身あるいは特定の臓器に対して起きてしまうというものだ。甲状腺細胞が何らかの原因で破壊され、甲状腺ホルモンが不足する甲状腺機能低下症。甲状腺機能が過剰に活発化する甲状腺機能亢進症。いずれも、自己の甲状腺を非自己の敵とみなし、それぞれ抗体をつくって攻撃しようとするのである。甲状腺に限らず、自己免疫疾患が女性に多い理由は、まだはっきりとは解明されていないのだが、それには、妊娠・出産という女性固有の体のしくみも関係しているのではないかといわれる。

「子どもを守るために、産む前から防御態勢をととのえてるなんて、なんか健気よねぇ」

感に堪えないというように、先輩はそういってから、ふと思い立ち、

「そういえば…、よくさ、子どもを持って初めて、親の気持ちが分かるとかいうじゃない？」

ワイングラスはいつのまにか、ミントティーのカップに切り替わっている。

「ん？　ああ、親のありがたさが分かるってことですか？」

「そう。でも、あれ、ちょっと違うと思うんだよねー。親の気持ちなんて、いつまで経っても子どもには分からないと思う」

意味が呑み込めず、キョトンとしている仁美を見て、

「まあ、強いていうなら、親のありがたみを知ってほしいと、親が子どもに願う気持ちも分かるというか…」

何だか先輩のほうも、うまくいい表せないようだ。

「うーん。だから、生まれる前から子どもを守ってんのよ。親は。知らないうちに」

「生まれる前から……」

「まあ、生まれてからもずーっと守っていくわけだけどね」

まだポカンとしている仁美には構わず、先輩が付け加える。

「でも、私は『ありがとう』なんて、息子にいってほしいと思わないんだ。それは神様が、このときのために、私に備えてくれたものだから。何というか、神様との約束を果たす？」

「神様との約束……」

「ほら、親鳥は必死にエサを取って、ヒナに与えるでしょ。けど、老いてエサを取れなくなった親鳥に、大人になったヒナはエサをあげたりしない。親鳥はそれを期待もしないし、恨みもしないと思うんだ。それが自然の摂理だもん」

きっぱりと、まるで自分にいい聞かすようにつぶやいてから、

「あれ？　何、話してるんだろう、私」

と、すぐに相好を崩し、

「だって、生まれてきてくれただけで十分だもんね。こっちがむちゃくちゃ感謝したいくらい」

そして、腕時計に目をやり、「あー、ダメだ。顔見たくなっちゃった。ごめん、先に帰るね」

と、先輩は風のように店を出ていった。見送る仁美に、「予定の有無は別として、一度、甲状腺の検査はしといたほうがいいよ」といい残して。

帰宅後、その話を夫の尚人にすると、神妙な顔で腕を組み、じっと考え込んでいる。

「生まれる前から…。生まれたあともずっと…」

それから、うんうんと大きく何度も首を振り、

「ひとちゃんのお母さんも」

「えっ!?」

ふいに母の話が飛び出し、驚いて尚人の顔を見る。

「ずっと闘ってきた。ひとちゃんを守るために」

いつもなら、「またまたぁ」と笑い飛ばすのに、きょうはなぜだか茶化す気になれない。そんな仁美を放置したまま、尚人は珍しく言葉に自信を込める。

「けど、お母さんもいわないね、きっと。感謝してほしいなんて」

予定していた会社の健診に、婦人科の項目を増やそうと思う。仁美が尚人にそう告げたのは、それから一カ月ほど経ってからのことだ。主に、甲状腺機能に関する検査項目だ。尚人はちょっと驚いていたが、すぐにいつもの穏やかな笑顔に戻って、「うん、うん、それがいい

ね」と答え、それ以上、何も尋ねることはなかった。これまでも、仁美のいうこと、なすことに、尚人は一度だって異を唱えたことはない。おそらく今回も、いつものように、〈ひとちゃんがそれを望むのであれば〉というサインだろう。ただ、そのときの顔には、仁美がいままで見たことがない、複雑な表情が交じっていた。

仁美にしても、この試みは、彼女自身の新たな一歩といえる。本人はさほど強い決心をしたつもりはないが、二人が子どもを持つことについて、どちらかというと積極的ではなかった仁美が、将来の家族の在り方を前向きにとらえようとし始めた証しともいえるのだ。

果たして、血液検査の結果、甲状腺ホルモン値が高く、そのほか、肝機能の一般的な検査であるＡＳＴ（ＧＯＴ）、ＡＬＴ（ＧＰＴ）ともやや高め。それに対して、コレステロール値およびＣＫ（クレアチンキナーゼ）の数値は低いというものだった。これらの数値は甲状腺機能亢進症が疑われることを示す。さっそく、健診先の病院に診療情報提供書（紹介状）を書いてもらい、自宅に最も近い甲状腺専門のクリニックを受診することになった。それが、『瀬戸甲状腺クリニック』である。

甲状腺専門医に診てもらうということを尚人に話すと、夫はまたまた珍しくあいまいな表情を浮かべたが、目立った症状もなかったのに、健診で早期に見つかってよかったと、仁美の発案の成果をたたえた。同時に、先輩の言葉からこんなふうに話が展開し、甲状腺の病気が明らかになった、その不思議なめぐり合わせに、二人とも感じ入ったものだ。

　クリニックに予約を入れて、診察日を待つ間に、仁美はできるだけ多くの正確な情報を入手しようと努めた。情報源は仕事柄、もっぱらインターネットである。甲状腺ホルモン値が異常に高くなる病気を総称して「甲状腺中毒症」といい、そのうち甲状腺の活動が活発になり過ぎて甲状腺ホルモンが過剰につくられるのが「甲状腺機能亢進症」。中でも最も患者数が多いのが「バセドウ病」で、約九割を占める。バセドウ病にみられる特徴的な症状として、「動悸・頻脈」「頸部の腫れ」「眼の変化」の三つが挙げられるが、いずれの兆候も仁美にはない。数値の面では甲状腺の異常が認められても、実際、ほとんど自覚症状はなく、あるとすれば、体重がやや減ったことと、以前より暑がりになったこと、それから、少し下痢気味になったことぐらいだろうか。むしろ便秘が解消されてよかったと思っていたほどだ。

　それよりも、暇を見つけてネットの情報を検索するたび、仁美は母のことを思い出した。記憶に残る母は、いつも忙しく動き回っていた。とくに、父が亡くなってからは、仕事に、家事に休む間もなくフル回転で、何につけても早口でまくしたてるという印象しかない。怒りっぽくて、始終イライラしていて、そのくせ疲れやすく、汗だくで働いたあとは、胸を押さえて短く呼吸する姿を覚えている。そんな母親が、仁美はどうしても好きになれず、近寄りがたく、ろくに口を利かない時期も長かったと思う。「親の気持ちは子には分からない」。先輩のいった言葉が鮮明によみがえる。あのとき自分は、母の心の内をどれだけ理解していただろうか。

診察を数日後に控えた週末、尚人が突然、「お母さんに連絡した？」と聞く。

「何を？」「甲状腺のクリニックで診てもらうこと」「えーっ、別に、いわなくていいよ」

いわなくていいことはない。いますぐ電話しろと、彼らしくなく、一歩も譲らない。しまいには、自分の携帯からかけてみる、なんてしつこく食い下がるものだから、仁美はついに折れて、しぶしぶ受話器を取り上げた。すぐに電話に出た母は、「なに？　こんな時間に」と、相変わらず愛想なしだが、思ったほど覇気がないので、ちょっと拍子抜けしてしまった。いつもよりずっと静かな声音に懐かしささえ覚える。母の声を聴くのは何カ月ぶりだろう。

朝食の後片付けを済ませた尚人が、コーヒーカップを片手に、仁美の後ろをそっとすり抜けて、テラスのほうに出ていった。ガラス戸が開いた瞬間、柔らかな風と一緒に、子どもたちのはしゃぐ声が流れ込んできた。中庭で遊んでいるのか。公園の桜は、そろそろ満開かな。用件を切り出す糸口を探しながら、仁美はぼんやりと、子どものころ母と一緒に見上げた学童保育教室の裏の桜の木を思い浮かべていた。

五分ほど話して電話を切ると、ガラス戸を勢いよく開け放し、待ちかねたように尚人が入ってくる。

「お母さん、何て？」

「うん…。病院についてくるって」

ちょっと眉根を寄せ、困り顔で答えたつもりが、尚人のほうはパッと顔をほころばせ、「よかった！」と満足げにうなずいた。


あれからもう、足かけ三年になる。初めて甲状腺専門の瀬戸クリニックに行って、バセドウ病と診断を受けたとき、妊娠の予定を聞かれ、とっさに「はい」と即答した。自分でもびっくりしたが、母のほうが目を丸くしていたっけ。それ以上に驚き、喜んだのは夫の尚人である。

バセドウ病の治療法には、薬物治療、放射性ヨード治療、そして手術と三種類あるが、薬のアレルギーや、著しい副作用があったり、あるいはほかの病気を合併している場合を除き、日本では現在、薬剤による治療が主流である。内服薬がより安全に使用できるようになり、いまは手術の実施も全体の五％を下回る。まずは内服治療で、甲状腺ホルモンを正常化させることが最も優先されるわけである。

自己免疫疾患であるバセドウ病は、実は治療によって完治するものではない。そのため、病気が治って薬を中止するという考えはなく、改善すると徐々に薬を減らしていく治療方針をとる。血液検査によって経過を見ながら、薬の投与量を減らしていき、甲状腺ホルモンの正常化をはかるのが第一の目標。そして、正常化したあとは、少量の薬で良い状態を維持する。さらに順調に進めば、薬を中止しても血液検査で正常値を保つことができるようになる。この状態を寛解といい、一般的にはここまでに一年半から二年を目安にしているという。

あの日、帰宅した仁美は、瀬戸院長から聞かされた今後の治療方針を、できるだけ正確に説明するよう努めた。聞いている夫の尚人は、熱心にメモをとり、質問もいつもよりやや多めだ。

「カンカイって、どんな字を書くの？」

寛大の寛に、解決の解。メモに書きとめる。

「ゆるくなって、とける。って意味かな。英語だと何だろう…」

しばらくその字を見つめ、

「完治でも、治癒でもないんだね」

そうつぶやき、再び押し黙る。妻のバセドウ病は治る病気ではない。ずっと付き合っていくもの。そのことをあらためて自分にいい聞かせているようにみえた。まずは、薬が合うか合わないかを調べるため二週間ごとに血液検査を行い、三カ月間通院する。副作用がなければその薬を継続し、診察は一カ月おきに。薬の量を減らしても経過がよければ、三カ月に一度の診察になり…。こんどはメモの内容を、手際よく線グラフに書き換えていく。

「ここまでで、ちょうど一年」

ふと、その手を止めて、

「このあとは？　甲状腺ホルモンが正常のまま維持できれば、寛解だよね。寛解のあとは？」

「寛解のあと…。あっ」

ようやく仁美は思い出した。

甲状腺ホルモンが高いまま妊娠すると、流産や早産のリスクが高くなるといわれる。そのため、妊娠を希望する人の場合は、まず甲状腺ホルモンを下げる治療を優先させ、より高い効果が見込める抗甲状腺薬を第一選択とし、再燃の可能性も少なく、寛解が期待できると見きわめられた時点で、同じ抗甲状腺薬でも負担のやや少ない薬に切り替える方法が推奨されている。

「えっ、えっ？　妊娠を希望？」

「うん。だから、切り替えた薬が合うかどうかを調べるために、また二週間ごとに二カ月通院しなくちゃならなくて…」

いいながら顔を上げると、尚人が固まっている。

「うん、いっちゃった。先生に聞かれて。希望しますって」

尚人はまだ固まっている。仁美は何だか急に申し訳ない気持ちになり、

「ごめん…。相談もなく勝手に…」

呼吸を止めて、口を半開きにして、仁美を見つめる尚人のつぶらな目が、みるみる潤んでくる。キラキラして、まるでいまにも星が飛び出しそうだ。しかし、喜んでいるのは間違いない。

〈人間って、驚くのと喜ぶのが同時だと、こんな顔をするのか…〉と、妙な感慨を覚えた。それもまた、仁美が初めて見る夫の顔だった。

仁美のバセドウ病の治療はその後、当初の計画どおり、順調に進んでいった。第一選択の薬を一年続けるうちに、甲状腺ホルモンは良好に推移し、妊娠を期しての薬の切り替えもスムーズに行うことができた。

バセドウ病の原因とされる抗ＴＳＨ受容体抗体（ＴＲＡｂ）は、胎盤を通過して胎児に移行するため、母親のＴＲＡｂによって胎児の甲状腺も刺激され、亢進状態となり、それが、流産などのリスクを上昇させると考えられている。仁美の場合、それが早い段階で陰性となったこと、もともと甲状腺があまり大きくならなかったこと、また、発生から治療開始までの期間が短く、際立った症状も出ていなかったことなどが幸いし、比較的バセドウ病が再燃しにくい状態、つまり寛解しやすかったともいえる。

何よりも、仁美にとっては、甲状腺専門医の瀬戸院長と出会えたことが大きい。会社の健診で甲状腺機能の異常が見つかり、たまたま家の近くのクリニックを紹介された、その縁が、こんなふうに続いて、もうすぐ仁美は母となる。妊娠出産することも、その前に、甲状腺の病気を患うことも、予想だにしていなかった。それどころか、自分自身の体のことなど、ほんの一年前までは深く考えたこともなかった。好きな仕事と、夫と二人の生活を守ることだけに終始して、毎日を過ごしていたのだ。

その、取り立てて変化のない日々に、瀬戸医師は、適切な治療と機微をうがつ助言で、新しい彩色を施してくれたように思う。おかげで、仁美も自分の体の現実と未来に正面から向き合うことができたし、夫の尚人の新たな一面も知ることができた。そして、母のことも…。

母の涼子は、仁美のアドバイスに従い、瀬戸のクリニックで甲状腺機能の検査を受けた結果、慢性甲状腺炎の橋本病と診断された。ただし、抗体は持っているものの、甲状腺ホルモンは安定しており、現在は治療の必要はないという。でも、あのころはどうだったか。父が亡くなる前後、仁美が中学に入ったころ。もしかしたら、母の甲状腺は破壊性甲状腺炎を起こしていたのかもしれない。

もっとも、その母がうっとうしくて、わずらわしくて、ひたすらはむかい、たてつくだけの娘が、目の前の母親の首元になど注意を向けるはずがない。おそらく母の涼子自身も、そんな余裕はなかっただろう。母と娘の間で何度も繰り返された葛藤が、橋本病と合併しがちな無痛性甲状腺炎に端を発していたとしても、いまとなっては、それを確かめる術もないのだ。

思いがけず発覚した自分の病気を通して、これまで知る由もなかった母の内心の苦衷を、娘として、同性として、仁美はようやくきちんと受けとめることができた。

妊活を始めるころ、仁美が少しナーバスになった時期がある。甲状腺については、瀬戸医師の存在があれば、何が起きようと心安く切り抜けられるはずだが、妊娠出産という女性としての一大事を無事に乗り越えられるか、にわかに心細くなってきたのだ。母が仁美を出産した産院はすでになく、頼りにしている先輩の住まいは会社の所在地を挟んで反対側に位置する他県にある。瀬戸医師のように全幅の信頼をおける産婦人科医に、果たして出会うことができるだろうか…。もちろん妊娠中も、甲状腺ホルモンのコントロールは重要である。自宅に近く、できれば瀬戸のクリニックとうまく連携できそうなところで出産したい。仁美は以前からしばしばアクセスしていたインターネットサイトのことを、瀬戸院長に相談してみることにした。

薬を切り替えて約二カ月、副作用の兆候もなく、次回は一カ月後の来院で、甲状腺機能が正常範囲であれば、いよいよゴーサインが出るということになり、瀬戸院長から、

「通院先の産婦人科は決まってますか？」

と尋ねられたのをきっかけに、仁美は、

「いまちょっと、お話ししてもいいですか？」

と切り出した。瀬戸はいつものほんわかした笑みを浮かべてうなずく。

実は、バセドウ病のことをパソコンでいろいろ検索していたとき、たまたま『ファルファッ

レ』というNPO法人のサイトを見つけた。甲状腺の専門病院のホームページとは違って、患者側からの情報発信を主としたもので、バセドウ病をはじめ、橋本病、甲状腺乳頭がんなど、甲状腺疾患全般にわたって取り上げ、最新の治療事情から体験談、専門医によるQ＆Aなど、幅広く充実した内容となっている。また、病気のことだけでなく、甲状腺自体の情報もふんだんに盛り込まれ、甲状腺ホルモンが人間にとって、とりわけ女性の生涯において、いかに大きな役割を果たしているかが、読みやすく細やかな文章で解説されている。

中でも、仁美のお気に入りは、『若葉日記』というページだ。自分と同じバセドウ病を発症した若葉という女性が、治療を続けながら二人の子を出産するまでを、日記形式でたどっていくというもので、家族や医師、友人たちに支えられ、日々悩み、考えながら、病気への理解を深めていく姿が、若葉という人自身の言葉で、優しくていねいにつづられている。まさに仁美のいまの状況にぴたりと合致し、まるで寄り添い伴走してくれているようで、折あるごとに繰り返し読んでいる。

相手が黙っているのをいいことに、仁美の話はどんどん相談内容からそれていき、もはや制御不能状態だ。最初、にこやかな顔のまま、しきりに瞬きをしながら話を聞いていた瀬戸医師は、やがて薄く目を閉じ、耳だけはこちらに向ける格好になっていた。そして、

「『ファルファッレ』って、イタリア語でチョウチョのことなんだそうです。甲状腺がチョウ

チョのような形をしてるでしょう。それで…」

専門医に向かって、仁美がさらに調子付くのを、やんわりとさえぎり、

「そのホームページに、協力医療機関とか、載っていませんでしたか？」

と医師が聞く。ようやく本題に戻りかけたが、仁美も知っている県内の総合病院の名をとっさに問われて〈載っていたっけ？…〉と、首を傾げると、

「実は私、その病院にいたんですよ。ここを開業する前」

「えっ？　そうなんですか？」

「ついでにいうと…」

瀬戸医師は言葉を切り、いったん唇をギュッと結んでから、腹を決めて驚きの告白をした。

「その『ファルファッレ』というのは、僕の姉が運営してるんですよ」

「ええっ？？」

「若葉っていうのは、僕の姉貴なんです」

仁美の驚きようが、予想をはるかに上回っていたらしい。瀬戸院長はいつにも増してあやふやなスマイルを浮かべ、大いに照れた。

瀬戸孝太郎医師の姉、甲斐若葉は、自身のバセドウ病をきっかけに、甲状腺疾患のことをより広く知ってもらおうと、ワークショップや講演などを皮切りにして啓蒙活動を始めた。七年

ほど前には、ＮＰＯ法人ファルファッレを立ち上げ、同時にホームページも開設。患者同士の情報交換の場を提供するとともに、専門医や医療機関とのパイプも強化し、徐々にその輪を広げている。

『若葉日記』は、まさに主宰を務める若葉自身の闘病の日々をつづったもので、仁美と同じく、この日記によって勇気づけられ、自身の病を乗り越えたという声も多く寄せられているという。あとで聞いたことだが、若葉の主治医として日記に登場する年配の甲状腺専門医は、瀬戸医師を医学の道へと導いた生涯の恩師なのだそうだ。


それからおよそ半年後、仁美はめでたく妊娠し、瀬戸院長の紹介により、例の総合病院の産婦人科へ受診することになった。しばらくは一カ月おきに、瀬戸のクリニックと総合病院での妊婦健診とを交互に受ける。つまり、二週間に一度は、どちらかの病院を訪れるというわけだ。初期のころは、つわりがきつかったこともあって、夫がさっそく、軽自動車を購入し、毎回半休を取って付き添っていることを明かすと、瀬戸医師は大げさに感心する。

「優しいご主人ですねー」

「いいえー。頼んだわけじゃないんですけど…。大学の同級生なんです」

こんどは仁美が照れる番で、聞かれもしないのに、ついよけいなことを口走ってしまった。

瀬戸院長は「同級生ですか…」と、なぜかその言葉に反応し、しばし感慨にふけっていたが、その理由は後日明らかになる。

妊娠十五週を過ぎ、仁美のつわりも治まって、安定期に入ったころ、主治医である産婦人科の医長から、心療内科の女性医師を紹介された。もとは彼女も同病院の産婦人科医だったが、精神科に転向するため、別の病院の医局で研修後、再び戻ってきたのだという。今後は心療内科医として勤務するかたわら、産婦人科でもカウンセリングなどのアシストをするということで引き合わされたのである。

仁美と同じくらいの年齢だろうか、細身のパンツ姿に白衣を羽織り、化粧っ気のない顔にショートカットがよく似合う。「原、和佳奈先生…」。渡された名刺と目の前の彼女を何度か見比べながら、仁美は妙な感覚に襲われた。まるでそれに応えるように医長が付け加える。

「原先生は、瀬戸先生と同期なんですよ」

「えっ？」

「あ、同期じゃなくて、同級生？」

医長が自信なさげに訂正するのを、

「いいえ、先生、合ってます。同級で、同期です」

そういって、いたずらっぽく笑った。

原医師と二度目に会った、というか見たのは、八月も終わり近くのことだった。遅めの夏休みを取ったものの、もうすぐ妊娠七カ月に入るころでもあり、遠出は控え、仁美は夫とともに自宅周辺でのんびりと過ごすことにした。ちょうどホームページでファルファッレが主催するトークイベントが行われることを知って、会場も車で三十〜四十分の距離だったので、二人で出かけたのである。そのときゲストの一人として招かれていたのが、原医師だった。渡されたパンフレットを見直すと、甲状腺疾患とメンタルケアといったテーマのディスカッションで、パネリストには、ウェブサイトでも何度か見かける甲状腺専門医の名もあった。

二百席あまりのホールはほぼ満席で、家族連れから老夫婦、若い女性同士と、年齢層も幅広く、セッションのあとは質問も相次ぎ、会場は静かな熱気に包まれた。そして、終了時間を少しオーバーし、イベントの最後に登場したのが、ファルファッレの代表を務める甲斐若葉だ。仁美が頻繁にアクセスする『若葉日記』のブログ主その人である。やや興奮気味に、「瀬戸先生のお姉さん」と隣の尚人を何度も突っつくたび、夫は苦笑しながら「うん、うん」とうなずくばかりだ。

新しい出会いが重なり、少し舞い上がっていたのか、実をいうと、仁美はイベントの内容をあまり詳しく覚えていない。ただ、一つだけ強く心に残ったフレーズがある。パネリストの一人、内田という年配の甲状腺専門医が口にした『免疫の寛容』という言葉だ。隣にいた夫の尚人もそこはしっかり聞いていたらしく、「寛容…。こんどは広く、受け容れるってことかな」と隣でつぶやいていた。そこで、次の診察日、仁美は思い切って瀬戸院長に尋ねてみることにした。思い立ったら確かめずにいられない性格である。仁美は妊娠八カ月になっていた。

診察が終わり、ファルファッレのトークイベントに夫婦で参加したことを告げると、瀬戸院長はまず驚き、次に恐縮し、最後にていねいな礼をいって、また照れくさそうに微笑んだ。仁美は、もしかしたら、以前聞いたかもしれないがと前置きし、さっそく切り出してみる。

「免疫の寛容」

瀬戸医師の顔がパッと輝く。「内田先生が話をされたんですね。じゃ、もう一度おさらいしましょう」。テレビで見る医学ハカセみたいな口調になり、嬉々として、何だか誇らしげだ。

例えば、臓器移植をすると、体は自分のものではない臓器に対して強い免疫反応を起こす。そのため、術後は必ず免疫抑制剤を長期にわたって服用しなければならない。体外から侵入してきた異物を排除するという人間にあらかじめ備わった免疫というシステムは、生命の維持にとって不可欠なものだが、場合によっては厄介なしろものともいえる。

妊娠も、母親の卵子と父親の精子が結合するものだから、母親の胎内で育つ胎児には、同様の免疫システムが働く。半分は他人の遺伝子を持つ胎児を、母体は異物とみなし、流産などを引き起こしてしまうかもしれないのだ。そこで作動するのが「免疫の寛容」である。妊娠後期には一時的にその機構が和らぎ、赤ちゃんが母体内で問題なく受容され、育つしくみがととのえられるのだ。仁美のバセドウ病は自己免疫疾患なので、免疫の作用が低下すれば、当然病気の勢いも弱まる。つまり、甲状腺ホルモン値も下がってくるため、ホルモンの分泌を抑える必要もなくなるわけである。

〈ああ、それで…〉

思えば、つわりが一番きつかった時期、瀬戸医師から説明を受けたのだった。赤ちゃんはまだ自分で甲状腺ホルモンをつくることができないから、その分、お母さんは胎児の成長のために、せっせと甲状腺ホルモンをつくろうとする。そのせいで妊娠初期はバセドウ病でなくても、甲状腺機能がやや亢進状態となる場合もあるという。仁美はこの間、母体の甲状腺ホルモン値を見ながら、瀬戸医師の下で抗甲状腺薬の量をきちんと調整し、つわりの辛さもどうにか乗り越えられた。さらに、妊娠二十週目に入るころ、瀬戸医師はこういったのだ。

「そろそろ赤ちゃんが甲状腺ホルモンを自分でつくり始めるから、こんどは赤ちゃんのほうの甲状腺機能に応じて薬の量を調整していきましょう」

そしてきょうの検査の結果、甲状腺ホルモン値（FT_4）は正常範囲内で中央値よりやや高め。つまり、まだ成長過程にある胎児の甲状腺機能を補って、ホルモン量を維持できているということだ。「出産まで抗甲状腺薬をいったん中止しましょう」。仁美はまさにきょう、それを告げられたのである。

「そう。免疫の寛容ですね」

会社への連絡事項を送信し、一日の業務を済ませた仁美は、座ったまま再び小さく伸びをした。実は、今週からすでに産休期間に入ってはいるのだが、やりかけの雑務が若干残っていて、あとは在宅でボチボチ、というわけである。大手ＩＴ企業という業態柄、いち早くＩＣＴ（情報通信技術）環境を整備した仁美の会社では、テレワークだけでなく、リモートワークや在宅勤務もすっかり定着している。おそらく産休が明けても、家庭の状況に合わせて、働き方をフレキシブルに組み立てていけるはずだ。

一方、夫の働く研究所はまだまだ発展途上だが、真っ先に育児休暇を申請した尚人は、改革の先駆けとして期待されているらしい。いずれにせよ、同じ働く母親であっても、仁美の母の世代には考えられなかったことだろう。母から私、私からこの子。三人の甲状腺がバトンをつないでいった末に、免疫の寛容というギフトが贈られて、この子（たぶん娘）が生まれてくるのだ。そんな話を、いろんな人とシェアしたい。例えば、若葉さんとか、原和佳奈さんと。

暮れ落ちる直前の秋空に誘われるように、仁美はテラスへ出た。そろそろ夫の尚人も帰宅する時間だ。車で出勤するときは決まって、学生時代よく通った中華料理店で餃子を二人前買ってくる。幸せな結婚生活に最も必要なのは寛容と忍耐の二つ。確か先輩がそういっていたっけ。Tolerance and Patience. 思い出して仁美はクスッと笑ってしまう。次の瀬戸クリニックの診察日は出産後だ。そのときは院長に聞かなくちゃ。この間、聞きそびれたことを。

「原先生と同期で同級って、どういうことですか？　すごく年が離れてるみたいだけど、同級生って、本当ですか？」

第8話

コツコツいこう

雨上がりの濡れた坂道に、暮れかけた夕日の色が映り込んでいる。桜紅葉の並木が途切れ、その先の人家の見慣れた大きなケヤキも、ずいぶんと葉が赤みを帯びて、秋の深まりを感じさせる。駅から実家まで、この坂道を歩いて上るのは久しぶりだ。きょうはたぶん父や義兄と一杯やることになるから、車はクリニックの駐車場に置いてきたのだ。

角を曲がったところで、犬の吠え声が聞こえてきた。ウォン、ウォンと、不規則に間の空く、くぐもった、低くてちょっと甘い、ラブラドールの声だ。

〈かんべえか？〉

大した付き合いでもないのに、自分が来たのが気配で分かるんだろうか。勝手にそう解釈して、瀬戸孝太郎が悦に入っていると、あにはからんや、庭先に見え隠れする当のかんべえは後ろ姿だ。こっちに背を向け、小躍りして盛大に尻尾を振る相手は、甥の甲斐寛太である。

「あ、おかえり」

「ただいま」

実家を出て何年も経つのに、「ただいま」もないもんだが、これがいつもの挨拶である。ぐるぐる落ち着きのない犬を、「はいはいはい」と、年季の入ったおばさんみたいな口調であしらいながら、寛太はリードを付け替えているところだ。

「散歩?」

「うん。雨やんだから」

かんべえは、孝太郎が地方大学の医学部を卒業するころ、この家にやって来た。確か、寛太の小学校の入学祝いだったか。初孫にさんざんねだられて、じいちゃんの壮一郎、つまり孝太郎の父親が買い与えたものだが、そのころはまだ姉一家は同居前だったので、家主のじいじが面倒を見ていた。エサやりで絡まれ、散歩で引きずり回され、帰るたびに、こいつのせいで腰痛が悪化したと愚痴るものだから、実家に滞在中は、もっぱら孝太郎が散歩係を引き受けていた。あれからずいぶん経つが、十歳を過ぎたにしては、相変わらずの強健ぶりだ。

「いや、元気なのは最初だけ。その辺をぐるっと回ったら気が済むから」

そう聞いて、孝太郎も付き合う気になり、玄関口にカバンを置いて一緒に門を出る。

「あ、そうだ。真紀がいってた。いい先生、紹介してくれてよかったってさ」

寛太の幼なじみの真紀は、孝太郎のはからいで、総合病院の産婦人科を受診し、運動性無月経と診断された。聞けば中学の後半ぐらいから、気がつくと二、三カ月生理がないということもしばしばあったらしい。本人は練習に明け暮れているから、時折、気にはなるものの、遅れても生理が来れば事なきを得て、再び日常に戻ってしまう。しかし、高校に入ってもそんな日々が続くうち、症状はさらに深刻化していったようだ。タイミングよく情報が回り、孝太郎の発案と寛太の助言に背中を押され、真紀はようやく診察にこぎ着けたのである。

実は、その受診で、主治医がていねいに話を聞いてくれたことにより、真紀が以前から、腰痛に悩まされていたことも明らかになった。あまり痛むときは一日、二日、練習を休む。すると、ある程度回復するので部活を再開する。それを繰り返していたという。通常、アスリートにみられる疲労骨折は、脛骨（すねの骨）、中足骨（足の甲の骨）などが最も多いが、種目によっては、恥骨や坐骨、仙骨などの部位にも生じる場合がある。ところが、一定期間、安静にしていると痛みが引くので、疲労骨折と分からないまま見過ごしてしまうケースもあるのだ。

「そうか。間に受験があったからな」

「うん…」

近年、問題視されている『女性アスリートの三主徴』の一つに、「骨粗しょう症」がある。

真紀の腰痛は、まさにそれが原因で引き起こされた疲労骨折によるものと思われる。「利用可能なエネルギーの不足」「運動性無月経」、そして「骨粗しょう症」。スポーツに打ち込む若い女性の健康管理に共通の課題ともいわれる三つの要素が、真紀についてもそろってしまったといえる。ただ、月経不順、腰痛とも最悪の事態になる前に、高校受験で部活を一時引退したことにより、運動量が減り、エネルギー不足が解消され、月経も再開し、疲労骨折も回復してしまった。皮肉なことに、受験によって、負担が大きく軽減されたのである。

しかし、根本の問題が解決したわけではない。高校に入学して部活を始めれば、再び生理は止まる。まして、高校ではさらにハードな練習が要求され、自分の限界を超えて体を鍛えることになり、月経をコントロールする視床下部に、その機能を損なわせるほどのストレスを与えることも考えられる。月経を起こすためのホルモンが正常に分泌されなくなれば、生理が止まってしまうのは自明の理である。『女性アスリートの三主徴』は、真紀に限らず、保健医療界が早急に取り組まなければならない喫緊の課題といえるのだ。

並木道の初っぱなで、かんべえは早くも息を切らしている。進む気があるのかないのか、植え込みのあたりをウロウロしているその背中を、二人はしばらく黙って見ていた。

「骨粗しょう症って、年寄りの病気かと思ってた」

寛太がポツリとつぶやく。

「うん…」

骨粗しょう症とは、骨の新陳代謝が十分に行われず骨密度などが低下し、骨折の危険性が高まる骨格疾患で、主に閉経後の女性の重要な課題となっている。これは、骨の成長に欠かせないエストロゲンというホルモンの分泌が、閉経によって急激に低下するためといわれるが、思春期女子でも、月経異常により正常なエストロゲンの分泌が行われなければ、同様の問題が指摘されるのである。実は、骨形成は十一～十四歳に最も活発化し、二十歳ごろに最大骨量を迎えるといわれている。多くの女性アスリートが競技生活を送るこの時期、もし、順調な月経が行われなければ、骨量が低下し、将来的な骨の健康にまで影響を与えかねないのだ。

「エストロゲン…、ホルモンか…。甲状腺ホルモンとも関係あんの？」

鋭い質問だ。甲状腺ホルモンは、細胞の新陳代謝を活発化させるのに重要な役割を果たしている。骨細胞もその例外ではない。人間の骨は、壊されては新しくつくられるという具合に、破壊（骨吸収）と再生（骨形成）のサイクルを絶えず繰り返していて、この働きによって骨塩量、すなわち骨の成分は一定に保たれている。これを骨のターンオーバーといい、甲状腺ホルモンは、その促進に大きく関与しているのだ。

例えば、甲状腺機能が亢進状態のとき、骨吸収と骨形成の両者とも促進されるのだが、どちらかというと骨吸収のほうがやや強いため、骨塩量が減少し、骨粗しょう症になりやすいといわれている。実際、甲状腺機能亢進症の代表的な疾患であるバセドウ病では、年齢にかかわらず骨粗しょう症の所見が多くみられる。しかし、適切な治療で甲状腺ホルモン量を調整することにより、骨密度が改善するという報告もあるのだ。

「やっぱ、関係あるんだ…」

昔から『新陳代謝』には目がない寛太が、少し神妙な顔になった。彼の母親、孝太郎の姉の若葉は、バセドウ病の寛解期に入ってだいぶ経つが、現在も定期的に血液検査を受けている。もちろん、甲状腺ホルモンのコントロールがきちんとできていれば、骨粗しょう症の心配も軽減されるはずである。

「で、真紀ちゃんは、治療開始したって？」

真紀が通院する総合病院では、産婦人科主体で、近くアスリート外来をオープンさせると聞いた。整形外科、リハビリテーション科、心療内科、栄養士らが連携を組み、科を超えて開かれたチーム医療を目指して準備中である。その中心となるのが、真紀の主治医でもあり、孝太郎の大学の同期であり元同僚の原和佳奈だ。適切な治療方針を立てるため、部活はしばらく休部することになるが、なるべく早い復帰を目指しているという。

「まあ、治療を始めるのは早いに越したことないが、焦らず経過を見ながらってところだな」

「うん。コツコツいこうってか、骨だけに」

孝太郎が脱力する。高校生のくせに、何ともじじくさいダジャレだ。

そのとき、握っていたリードが突然ぐいっと伸びて、寛太は慌てて足を踏ん張り、引き戻す。

「おっとっと、何だよ〜」

目線の先に、犬種はよく知らないが、いかにも高級な感じのシュッとした犬が、品のいいご婦人に連れられて歩いている。

「あら〜、かんべえちゃん、こんにちは」

ご婦人の機嫌のいい挨拶はそっちのけで、かんべえは目当ての犬に向かって、フウフウいいながら、鼻を近付けていく。

「あ、こんにちは。すいません」

リードを手繰り寄せながら、寛太がいつになく恐縮して挨拶を返す。どうやらご近所の、かんべえご執心の雌犬らしい。何とか制して、ご婦人たちを見送ったあと、

「まったく、じいさんのくせに…」

と悪態をつこうとして、ふと、寛太が思い立った。

「あれっ、骨粗しょう症って、じいちゃんの管轄じゃね？」

「ん？　ああ、まあ、そうだな」

この「じいちゃん」とは整形外科医の祖父、壮一郎のことだ。ずいぶんと失礼な連想だと苦笑しつつ、孝太郎も同意する。壮一郎は整形外科を閉院後も、週に二、三回、親しい若手の医者仲間に請われ、地元の整形外科クリニックで非常勤医師を務めている。そのクリニックを訪れる骨粗しょう症患者について、甲状腺ホルモンを専門とする孝太郎は、何度か相談を受けたこともあるのだ。

「やっぱ、つながってるんだな」

「何が?」

「甲状腺内科? それと産婦人科と、あと、整形外科も」

妙に感心しながら、再び鈍足を決め込むかんべえを引きずって、家までの道を引き返す。開けっ放しの門扉の前まで来て立ち止まり、

「ちゃんといったから」

「何を?」

「真紀の伝言」

「ああ、そうだな。ありがとう」

犬の散歩にかこつけて、本当はそっちが大事な要件だったか。それにしてもかなり端折った散歩コースではある。

「いいのいいの、ボチボチいけば。犬だけに。あ、ボチじゃなくてポチか。いや、ポチじゃなくてかんべえか」

真紀の伝言ミッションを無事に済ませ、肩の荷が下りたのか、また変なダジャレが飛び出す。

「そういうところ、どんどんじいさんに似てくるなぁ」

孝太郎が思わずツッコミを入れるが、寛太は「そう？」と、なぜか満更でもない様子だ。

「そういや、原先生、だっけ？　すごく頼りになるって真紀がいってた。自分も短距離か何かやってたみたいで、話が通じるんだって」

「あ、短距離、そうなんだ」

「えっ？　知らなかったの？　ほんとに同級生？」

寛太の発した言葉に、孝太郎はドキリとして言葉に詰まる。

「ん、いや、そうだよ。同期で同級…」

度を越してうろたえる叔父を見て、寛太の顔にみるみる疑惑の表情が広がる。孝太郎はさらに慌てて、

「な、なんで、そんなこと聞く？」

「いや、だいぶ年が違うような気がするっていってたから、真紀が」

「そうかぁ？　ハハハ」

変な笑い声を立てる叔父の顔を、けげんそうに見つめる寛太の横で、息を切らしたかんべえが同じように見上げていた。

第9話
二人の医学生

原和佳奈と瀬戸孝太郎は、間違いなく医学部の同級生であり、同じ総合病院で後期の研修医としてスタートを切った同期である。といっても、年齢は孝太郎のほうが七歳も上なので、疑う向きがあっても仕方がない。もう少し詳しくいうと、彼女が現役で地元の国立大学の医学部に入ったのに対し、孝太郎は大学卒業後、三年あまり会社員経験をしてから、学士編入試験を受けて医学部に入り直したわけで、この年齢差はどうやっても埋められない。さらに、知り合ったあとの二人の間に、それ以上に埋めようのない距離があったことも事実である。

二人が出会ったのは、和佳奈が大学三年になった年の四月。瀬戸孝太郎が学士編入試験に合格し、彼女が通う大学に入ってきたのである。同期の編入組はほかに二人。一人は東京の有名私大の理学部から移ってきた、和佳奈と同じ歳の男子。もう一人は、みんなよりはるか年上の

（正確な年齢は不明）元教員。いずれも、一筋縄ではいきそうにない、ユニークな顔ぶれである。もっとも、元から在籍する生え抜きのメンバーも、いずれ劣らぬ変わり者ぞろいで、他学部で見かけるごくフツーの大学生を探すほうが難しい。

その中で、原和佳奈は、一見ごくごく平凡な女子大生であった。ただ、きわめてスタンダードというか、ニュートラルなので、かえって仲間内では珍しい存在ともいえた。実をいうと、彼女もまた、かなり強烈な個性の持ち主だということを、孝太郎はじめ同期の連中が知るのは、もっとあとになってからである。

初対面は、編入組も加えた年度初のオリエンテーションの日で、もともと学生数の少ない医学部の同学年全員が、紹介も兼ねて同席していた。学士編入者は、過去に通っていた大学で取得した一般教養科目が単位認定されるため、通常、二年次もしくは三年次からの入学が認められる。孝太郎も、当初は医学部を目指して一から受験勉強を始めたのだが、運よくその情報をキャッチし、さらに大きな運も味方して、編入試験の狭き門を潜り抜けることができた。おかげで、危うく同期との年の差が二桁の大台に乗るところを、どうにか免れたわけである。

いまにして思えば、久しぶりのキャンパス、そのうえ、念願の医学生としてのスタートに、平常心が服を着ているような孝太郎も、多少興奮気味だったのかもしれない。というのも、その日のことは、ほとんど覚えていないのだ。彼女に関して記憶にあるのは、正直いって名前だけ。編入組のふわっとした自己紹介が済み、こんどは在籍組が順番に挨拶をするという場面で、最後に口を開いた彼女が、自分の名前をフルネームでいったときだ。

「原和佳奈です」

それまで、教室だの、教授や講師陣だの、同級生だの、はたまた窓外に連なる夏山だのを、交互にうすぼんやりと映していた孝太郎の目の焦点が、初めて彼女の顔にはっきりとフォーカスした。眩しそうに目を瞬かせ、柄にもなくうろたえたのは、その名前のせいである。

〈はら、わかな…？　えっ、わかば？　いや、わかな…〉

もちろん、目の前にいるのは姉の若葉とは似ても似つかない（！）、二十歳そこそこの女性だし、漢字で書いて教えてもらえば、どうということもない話だが、なぜだかそのときの孝太郎の頭脳はうまく変換が利かず、一瞬、軽いパニックに襲われたのだ。相手はその密かな狼狽を見逃さなかった。その後、教授らに連れられ、医学部棟をぞろぞろと案内される道中で、さっそく近寄ってきた和佳奈が、小声で問いかけた。

「さっき、私、何か変なこといいました？」

「あ。いや、名前が…」

「名前？　私の？」

「いや、わかな、さん、ですよね。姉が、若葉で。わかなとわかば、あ、全然違いますよね」

孝太郎は再びどぎまぎしながら、求められてもいない釈明に追われることになった。

それから約一年半、二人は普通のクラスメートとして日々を過ごした。

孝太郎たちが在籍する医学部医学科は、一クラス五十人が二クラス。他学部に比べ、圧倒的に学生数が少ないうえ、履修科目は群を抜いて多く、ほとんどの授業は、大学構内の外れにポツンと離れた学部棟の一階と二階を朝から晩までぐるぐる回って過ごす。なにしろ、部活もサークル活動も、医学部枠が別に設けられているくらいだから、三年次も後半に入れば、他学部との交流などないに等しい。

しかも、山懐に抱かれたのどかな地方大学のキャンパスは、敷地面積はやたら広いが、周辺に遊戯施設もなく、行動半径はごく限られ、たまの休みに河原でバーベキューするのも、裏山を徘徊するときも、一緒にいるのはいつも同じクラスの連中だ。それだけ顔を合わせていれば、人間関係もおのずと濃密になり、年齢差も男女の別もなくなって、そのうちに、クラスメートというより、家族か兄弟、あるいはまあ、親戚みたいな存在になっていった。

いくら家族や親戚のような存在でも、もちろん事情はいろいろ違う。まず、五十人のうち、他府県から来ているのが、孝太郎を含めて十五人で、大学の寮に入っているのと、アパート暮らしと、ちょうど半々ぐらい。残りは地元組で、ほとんどが自宅から通っている。

原和佳奈は、県内の中心街にある実家から、車で四十分ほどかけて通学していた。オレンジのミニクーパーで、孝太郎も、キャンプの買い出しに行くときなど、ほかの下宿組と一緒に何度か乗せてもらったことがある。地元の道をよく知っている彼女の運転は、仲間内でも重宝がられていたものだ。

運転だけではない。才気煥発、頭脳明晰、どんな場面でも冷静沈着に現状分析し、つねに迅速的確な判断を下す。何事にも動じない点では孝太郎も負けていないが、とにかく機転が利き、物怖じすることがない。そのタフさ、思い切りのよさには、教授ですら一目置くほどで、頼りになるこの最年少リーダーを中心に、クラスが気持ちよくまとまっていたといえる。

ところが、四年次の夏休みが終わり、いよいよ後期から、本格的に臨床実習のトレーニングが始まるというときになって、原和佳奈は忽然と教室から姿を消してしまう。臨床実習に向け、学生の医療知識、診療技術、診察態度等の到達度を評価するため実施される共用試験には、確かに参加していた。この試験をクリアしなければ先へ進めないから、各自必死に取り組んでいたせいで、実際の記憶は怪しいのだが、和佳奈のことだ、いつものように自分のことは余裕でこなし、瀬戸際で四苦八苦していた連中を、そつなくアシストしてくれていたはずである。

しかし、共用試験が一段落したのを機に、和佳奈の消息はパタッと途切れてしまったのである。携帯電話も通じない。グループメールどころか、個人のＳＮＳでも返事なし。一度だけ、クラスの女友達の一人が、恐る恐る「どうしてる?」とメールしたとき、「大丈夫。ごめんね。こんど話すから」とだけ返信が来て、かろうじて生存確認はできたものの、いつになっても、「こんど」は来なかった。

和佳奈がいなくなると、攻撃の的となったのは、なぜか孝太郎である。決して交際しているわけではない。誓ってないのだが、これについてはそろいもそろって認識を誤っており、何があったのか、どこにいるのか、なぜ居場所を知らないのか、いや、知らないはずがないと、口々に問いただす。孝太郎は心底困り果て、もはや誤解を解く勇気も根気も消え失せた。まったくこれじゃあ本当に、親兄弟か口うるさい親戚と変わらない。

事務局と担任教授宛てには、向こう一年間休学する旨、本人から届け出があったらしい。ただ、後期が始まって直後の慌ただしい時期でもあり、詳細を聞くことはできなかったという。自宅の電話も当然、何度かけても留守電になる。また、学生課に問い合わせた住所を頼りに、有志の何人かで自宅を訪ねもしてみたが、人気はなく真っ暗だった。

こうして、日を追ってタイトになる授業の合間を縫いながら、孝太郎なりに八方手を尽くした末、高校の同級生で、同じ大学の文学部に通う子を何とか探し当て、ようやくわずかな情報をつかむことができた。母親が病気で入院することになり、看病のため実家を離れたというのである。病名は分からない。入院先も不明だが、父親が東京に単身赴任しているので、おそらくそちらのほうではないか、とのことだった。

それまで、半分はしぶしぶ、そして半分は本気で心配していた孝太郎だが、和佳奈の行方を探すうちに、彼女の胸の内を少しずつ理解するようになっていた。彼女が母親の病気について、クラスの誰にも自分の思いを打ち明けず、姿を消したのは、自身が医学生であることと無関係ではあるまい。入院先も、詳しい病状も知らせたくないのは、みんなの気がかりを増やすのが本意ではないからだろう。それ以上に、休学してまで、母親の病気と向き合おうとする和佳奈の強い覚悟のようなものを、孝太郎は感じ取ることができた。

クラスの面々には、捜査のてん末をありのままに伝えたが、孝太郎の真意を知ってか知らずか、誰もそれ以上は追及しなかった。一つ屋根の下に暮らす親兄弟が、互いを知る機会を逸するように、近しいからこそ見えないものがある。身内並みに濃密な関係が、表向きの快活さの奥に潜む悲しみや不安を覆い隠してしまう。それが敬愛すべき存在ならなおさらだ。そのことに、いまになって気付く己の鈍さへの後悔やら苛立ちを、みんな黙って共有することにした。いつかきっと、和佳奈が自ら明かしてくれるときが来る。それまで待つことにしよう。自分たちのやれることを精いっぱいやりながら。再会したとき、彼女に恥ずかしくないように。

しかし、孝太郎にとって、事態はさほど甘くはなかった。みんなのように気持ちをうまく収めることは土台無理な話で、和佳奈の不在は、彼の心に埋めようのない空洞をこしらえ、それは日に日に大きく、深くなっていくようだった。そしてなんと、その空洞を埋めるべく爆発的な集中力が授業へと向けられ、四年次後期および五年次の彼の成績は、群を抜く躍進を遂げた。これまでそのポジションは原和佳奈が独占していただけに、教授は「セにハラは代えられるってか？」などと、渾身のダジャレを満足げに連発し、周囲を苦笑させる。ただし、勉強以外での当人は、気の毒なほど我を失っており、時には、夢見心地で月を見上げていたという目撃談も飛び出す始末で、周囲は首を傾げるやら気味悪がるやらである。

五年次では、一グループ五人程度に分かれ、附属および系列病院の各科を一年かけて回る診療参加型実習が本格化する。和佳奈がいて五十人であれば、五人ずつ、きっちり十個のグループに分けられるわけだが、今年の場合はそうもいかず、隣のクラスとの混在チームもできたりして、こんなところにも、たった一人の欠員が小さな波紋を生んでいた。

しかし、グループ同士が顔を合わせれば、飽きもせず同じ話題で持ち切りだ。二人はやっぱり付き合ってたんじゃないかと、孝太郎の当初の全否定を疑う者もいたが、それなら彼女の消息をいまだに知らないのはおかしい。自覚のないまま好きになり、勝手にフラれたのか。ひょっとして、会えなくなって好きになるという平安貴族ばりの心理的変容が発出したのだろうかと、およそ医学生にはそぐわない不毛な協議が繰り返された。明らかなのは、瀬戸孝太郎が、原和佳奈に恋わずらいをしているという一点だけである。

とはいえ、その間にも、和佳奈に関する情報は一切更新されることはなかった。手紙や電話はおろか、メールも途絶え、約束の一年が過ぎて、五年次の秋も深まろうというとき、孝太郎は突然教授の呼び出しを受け、思いがけない提案をされたのだった。

瀬戸孝太郎が、勤めていた製薬会社を辞めて、医学部に入り直したのは、姉のバセドウ病が直接のきっかけである。姉の若葉は、孝太郎が大学生のときに発病し、父の親友で甲状腺専門医の内田泰蔵の下で病と闘いながら、結婚、出産して二児をもうけた。現在は、バセドウ病も寛解しているが、孝太郎は、姉の闘病生活を間近で見守るうちに、甲状腺および内分泌に深い関心を抱くようになり、医師として再スタートを切る決心をした。

そんなわけで、おおかたの医学生が、在学中もしくは卒業後、研修医となってから、自身の専攻科を決める中で、孝太郎は、医学部入学時、すでに「内分泌」の研究を視野に入れ、「甲状腺の専門医になる」と断言してはばからなかった。これもまた極めて稀であり、変人としての面目躍如といえるが、教授陣もそのことを熟知しており、加えて、ここ最近、彼が情熱的に学修に取り組む姿勢を高く評価していたところへ、甲状腺医療で全国的にも有名な大学病院で、スチューデント・ドクターの受け入れが本格化したという話が舞い込んだ。

実は、基礎医学の教授がこの大学の出身で、内分泌代謝科の指導医と親しく、孝太郎の話を聞き、それほど熱心な学生なら、短期留学という形で、こちらの内分泌・甲状腺治療の現場で実習を積まないかと、異例の申し出があったのだ。スチューデント・ドクターとは、共用試験に合格した学生に与えられる称号で、医学生が、見学ではなく、医師と一緒に患者の診療に参加することで、より高い教育的効果を上げるというシステムである。

「ひょっとすると、在学中にアメリカかカナダあたりへ海外留学もできるかもしれんぞ」

教授の言葉に、孝太郎の心は大いに揺さぶられた。医学部受験を決めたとき、合格したら三十五歳までには必ず一人前の医者になると、むくれる父親に宣言した身である。だから、会社員時代に貯めた学費の不足分は、出世払いで補填をと願い出たのだ。父はもう忘れているかもしれないが、何としてもその約束は守りたい。おそらくそれを達成するために与えられた絶好の機会ともいえるだろう。

孝太郎は心を決め、いまよりさらに実家から遠のく九州北部の大学病院へ向かう準備を始めた。突然の旅立ちに、クラスは一時騒然となったが、彼の性格を知り尽くした面々から、異論が出るはずもない。一方で、孝太郎の本音としては、少しの間でも、この充実した学びの場から離れるのは忍びがたかった。入学以来、これまでの人生で味わったことのない、めくるめく濃密な日々を過ごしてきたのだ。唯我独尊を絵に描いたような瀬戸孝太郎という男を、一〇〇%受け容れてくれた仲間には、感謝しかない。

唯一の心残りは和佳奈のことだ。同期の中には、いまだセトハラ恋人幻想を持ち続けている者もいて、その結末は、二人がもう会うことができないという大悲恋物語へと昇華しつつある。ところが、孝太郎はとっくに別の境地に至っていたのだ。臨床実習により医学・医療に関する知識を体系的に習得し、課題提起や分析を積むうち、入手済みの些少な情報に独自の妄想を加えると、和佳奈の母親の病状についても、ある程度の治療経過の推測が可能となった。もちろん正確なエビデンスも一切ないから、医学生としてはどうかと思うが、これも平常心を維持するために編み出した、苦し紛れの、涙ぐましい努力の賜物である。

やがて孝太郎は、母に付き添い、その病を見守り続ける和佳奈の心に、いつでも寄り添うことができるようになっていった。もしかすると、幼いときに亡くした自分の母親への思慕の念も、そこに重なっていたかもしれない。そんなわけで、どんなに遠く離れても大丈夫、そんな根拠のない自信が、いまの彼を支えていた。こっちのほうが、よほど現実離れしたオカルト話だが、それが孝太郎の正直な気持ちだから仕方がない。

孝太郎が九州の医大に留学してまもなく、入れ替わるように原和佳奈が大学に戻ってきた。あらためて四年次を履修するため、一学年後輩となるわけだが、ブランクなど少しも感じさせず、以前と変わらない聡明さと快活さで、学年の垣根を超えて周囲を魅了し、元気に活躍している。同期の一人からそうメールで知らされ、孝太郎はひとまず安心した。ただ、休学の事情については、いまだ詳しくは明かされていないようだった。

孝太郎が誰よりも早く、和佳奈からの手紙で、それを直接知ることになるのは、五年次も終わりに近付き、春休みを前に、最終年次の実習計画を立てていたころだ。留学先の医大には、甲状腺や内分泌関連の内外の膨大な資料がそろっており、孝太郎にとってはまさにパラダイスである。暇さえあれば閲覧室に入り浸っていることはとっくに知られていたから、その手紙は、学生課の職員によって、パソコンのモニターにかじり付いていた彼のもとに届けられた。

さほど長い手紙ではない。簡潔で、主題のはっきりとした、いかにも和佳奈らしい文章で、母の病気の発症から休学に至った経緯、そして、病気の経過などがつづられていた。治療内容については、医学生同士で情報を共有できると考えたのか、やや詳しく書かれていたが、その間に和佳奈自身が何を思ったかはほとんど省略され、それがかえって彼女の心情の複雑さを想像させて、孝太郎は胸が詰まった。

和佳奈の母親の病気は、乳がんだった。奇しくも、孝太郎の母、綾子と同じである。和佳奈が高校に入ってまもなく、初めて受けた乳がん検診で腫瘍が見つかり、ステージⅡBと診断された。手術と放射線治療により、一時は持ち直したが、和佳奈が医学部二年のときに再発。すでに肺に転移しており、一年あまりで病状はみるみる深刻さを増し、都内に単身赴任する父親のたっての希望で転院することになった。

休学を決めたのは和佳奈本人である。母は最初、断固反対したが、娘の決意は固く、どうしてもそばで看病したいといって聞かない。というのも、最初の手術のとき、県内有数の進学校に通っていた和佳奈は、勉強と部活に忙しく、母親の「大丈夫」という気丈な言葉を真に受けて、もっぱら自分の生活を優先させていた。高校生であれば当たり前の話だが、彼女の胸にはそれが滓のように深く沈んでいたのである。医学部受験を決めたのも、理由の一つはそこにあったと思う。あのときの悔しさはもう決して味わいたくない。こんどこそ悔いのないように、面倒を見させてほしい…。

断固拒否するつもりが、逆に娘から強く説得され、ついに母は折れた。そして、こういったのである。休学するからには、母の体をつぶさに見つめて学びなさい。医者としての自分の将来に、悔いのないように。

九月中旬、彼岸の入りとなる前日に、和佳奈の母親は旅立った。一年と少しにおよぶ母娘の闘病生活は、母の、家族への感謝と娘への力強い励ましの言葉で締めくくられたという。それから二週間ほどは何も手につかず、和佳奈らしくもなく（と、本人が手紙に書いている）放心して過ごしたが、地元に帰り、納骨を済ませたあと、大学への復帰を果たした。戻ってきたら真っ先に直接報告したかったのにと、自分のことは棚に上げ、孝太郎の不在に理不尽な不満をにじませたが、それでも、文面には親愛の情があふれていた、ような気がする。

さっそく返事を書こうとしたが、こんどはこっちが放心状態で、まったく言葉が浮かばない。焦りばかりが募り、いつまで経っても考えがまとまりそうにないから、やむなく電話をかけることにした。ところが、孝太郎は和佳奈の携帯電話の番号を知らなかった。それに気付いて呆然としながら、テレビのプロレス中継を見ていたら、ふと思い出し、宿舎の片隅にある、一つだけ開けそびれていた小ぶりの段ボール箱の中から、以前取り寄せた和佳奈の実家の電話番号が記された書類を探し出した。すぐに電話に出た彼女は、「家デン!?」と素っ頓狂な声を上げて一笑する。同じプロレス中継を見ていたらしく、その話で一時間ばかり。それから携帯電話にかけ直して五時間か六時間。途中、孝太郎は夜食用のカップやきそばを食べ（彼女は生やきそばを調理して食べていた）、缶ビールを一本飲み（彼女は酎ハイを一本とコーヒーを飲んでいた）、気がつけば夜はしらじらと明けていた。

春休みの最後になって、孝太郎は急きょ、帰郷の予定を入れ、途中で和佳奈の母の墓参りに立ち寄る日程をねじ込んだ。そこで二人は無事再会を果たしたが、同期の仲間が黙って見過ごすはずがない。結局、和佳奈の実家で、彼女の代の後輩たちも交えて、大宴会が始まり、孝太郎はしたたか飲まされ、早々に撃沈したあげく、翌朝たたき起こされて、訳の分からないまま駅で大勢に見送られ、実家に戻り、一泊して九州へ戻った。

六年次の夏を前に、孝太郎は無事、半年あまりの国内留学を終えて古巣の大学に戻ったが、すぐさま残る最後の臨床実習と国家試験の勉強に追われることになった。おまけに、留学時に着手した内分泌関連の基礎研究について、論文作成の準備まで始めたものだから、まさに多忙の極みといったところである。また、五年次を迎えた和佳奈のほうも同様で、会えないどころか電話もメールも週に一度あるかないか。順調に愛を育むなど叶わぬ夢、目と鼻の先にいても遠距離恋愛みたいな日々が続いた。

いや、どんなに忙しくたって、時間などどうとでも工面できるはず。何を悠長なと、非難の声もなくはなかったが、当人たちにはいたってそれが自然なようで、そのうち誰も何もいわなくなった。セトハラ純愛物語は、こうして何とも盛り上がりに欠けるかたちで終盤を迎え、孝太郎は医師国家試験に合格後、すぐにアメリカの研究所へ一年間留学することになり、翌年、和佳奈も無事に国家試験をパスし、そのまま大学病院の研修医に。帰国した孝太郎は北九州の大学病院で研修医として勤務し、一年後、二人の母校の病院に着任したときには、和佳奈は県内の系列病院で二年目の研修医生活を送っていた。

そんなふうに、ロングディスタンスとニアミスを懲りずに繰り返した末、ついに舞台は首都圏へと移り、後期研修医となった二人の医学生は、同じ総合病院に勤務することになったのである。

あの晩、何を話したか、孝太郎は正直あまり覚えていない。ただ、自分のほうが聞かれるままに、だらだらと語っていたのは確かだ。あらゆることを。医者になろうと思ったきっかけ、内分泌を専攻した理由、姉の若葉の病気のこと、若葉の家族、甥の寛太の部屋、犬のかんべえ、高校時代、農学部の学生時代、整形外科医の父、その親友の内田医師の話、そして、ほとんど記憶にない母の思い出…。

空っぽになるまで話したようで、まだ話し足りない気もする。「それは追い追い」と和佳奈はいったが、あれ以来、「追い追い」の日は来ていない。しかし、少なくとも、普通の恋人たちが時間をかけて互いを分かり合っていくプロセスを、二人は一晩で飛び越えた。というより、ずっと前から準備していた宿題を、一気に済ませた感じ。後日、和佳奈はそんなふうにいっていたが、孝太郎も同感である。

第10話

リトープスと河原の石

明日送る荷物をあらかたまとめ、ルイボスティーのカップを片手に、和佳奈は縁側の定位置に座り込んだ。庭の隅の水仙が、今年も咲き始めている。ずいぶん前に母が植えたもので、放ったらかしなのに、毎年律義に花を咲かせ、春の始まりを教えてくれる。黄水仙だけでなく、内側の花弁だけ黄色いのや、真っ白いのもあるから、何度か植え替えたり、買い足したりしていたのかもしれない。

勝手口のほうから、一瞬、沈丁花の匂いが漂ってきたような気がした。帰り道、真っ先に鼻を刺激して、わが家が近いことを教えてくれる、和佳奈の大好きな香りだ。次につぼみをつけるのは、庭の正面にある木蓮か、その隣のハナミズキか、それとも足もとのツツジだろうか。

母は暇さえあれば、庭のあちこちを手入れしていた。娘のほうは、園芸作業はからきし駄目で、もっぱら眺めるだけ。ただ、おかげで庭の樹木の種類や、季節ごとに咲く花の名はしっかり頭に入っている。母が家を離れてから、雑草だらけになっているが、さほど日差しの届かない庭にも、ちゃんと春は来るものだ。

〈水仙、株分けしてあっちに持っていこうかな〉

一瞬考えたが、父のマンションの殺風景なベランダに、一つ置かれたプランターの水仙の、寂しげな風情を想像して、すぐに思い直した。上京する娘と入れ替わりに、実家へ戻ってくる父が、妻の想いがこもるこの庭を、丹精するのを楽しみにしているのである。みだりに荒らしてはいけない。

〈なにしろ私は、サボテンだって枯らす女だから〉

自虐めいてつぶやき、なぜか頬がゆるむ。

居間へ引き返し、机の上の小さな鉢の所在を確かめた。部屋のほぼ真ん中に、何とも不自然な配置で陣取るだだっ広い机は、アメリカに住んでいる兄が残していったものだ。母の葬儀で一時帰国した際に、父と二人がかりで二階から下ろしてもらった。以来、和佳奈は、朝食も、夕食も、調べものも、書きものも、自宅にいるときの大半を、この机の傍らで過ごした。国家試験の前は、ノートや資料を何冊も積み広げて猛勉強し、精根尽きるとそのまま放置して、這うように二階に上り、自室のベッドに倒れ込む日々が続いた。勉強机であり、食卓であり、いわば、一人暮らしの彼女の同志ともいえたこの机も、いまはすっかり片付けられ、上に載るのは古びた小引き出しと、スタンドと、その鉢だけだ。

鉢の中には、サボテンならぬ小さな多肉植物が二つ、身を寄せ合って植わっている。平べったくて楕円形で、真ん中に一本、細い筋の入った妙なかたちの、名前はリトープス。一見すると植物とは思えない。実際、原産地の南アフリカでは、「リビング・ストーン（生きている宝石）」と呼ばれ、動物の食害から身を守るために、石に似せて擬態しているという説もある。

実は、和佳奈にとって、彼らは二代目にあたる。付き合い始めてまもなく、瀬戸孝太郎からもらったもので、甥っ子とよく行く爬虫類の専門店の熱帯植物コーナーで見つけたのだという。

和佳奈は小引き出しから、赤い小花模様の巾着袋を取り出した。中に入った小石が、正式には、孝太郎からもらった最初のプレゼントである。そら豆の粒くらいの大きさで、それよりやや厚みのある緑がかった石だ。表面がいくらか光沢を帯び、中ほどが少しくびれていて、シワが寄ったような細いへこみがあり、ちょうど白く線を一本引いたようにも見える。

「たぶん玄武岩」

和佳奈が広げた手のひらに、この石をポトンと載せて、孝太郎はいった。四年次の後期を控え、いざ共用試験に臨もうというころ、出陣式を兼ねて、クラスで河原へバーベキューに出かけたときのことだ。真っ昼間から酔っ払い、大声でふざけ合う連中をよそに、孝太郎は最前から水辺を一人、熱心に歩き回っていた。その姿を、少し離れて見るともなしに見ていた和佳奈のもとへ、一直線に近付いてくるやいなや、グーにした右手を得意げに突き出すので、こっちも思わず右手を開いて応じたのである。

「えっ？　くれるの⁉」

和佳奈の上げた声が、山間にこだまして、周りの幾人かが振り向いた。しかし、孝太郎は少しも動じず、満面の笑顔で、大きくうなずき、

「こんなにきれいな楕円形は珍しいんだよ」

と続けた。遠巻きに見ていた仲間は、「なんだ、石？」とあきれて、早くも興味を失ったようだが、和佳奈はそれをつまんで持ち上げ、空に向け透かしてみた。よく見ると、石の表面の小さな結晶が、太陽の光を受けて、きらきら光っている。「きれい…」とつぶやくと、その背丈に合わせて、ちょっと腰をかがめ、一緒に上を向いていた孝太郎が、また、うんうんとうなずく。

「この川の上流に、火山があったんだね。いや、この川底にあったマグマかもしれない。どっちにしろ、はるか昔に噴火した溶岩が、冷えて岩石になって、長い旅をして、この石になったんだ」

「そっか。長い旅の途中で、瀬戸君が見つけてくれて、私、この石に会えたんだね」

手のひらの小石を真顔で見つめる和佳奈を置き去りに、孝太郎は笑顔の余韻だけを残して、向こうへ行ってしまった。

このとき和佳奈は、大きな決断を胸に秘めていた。入院中の母に付き添うため、夏休み中に休学届を出し、上京することに決めたのである。クラスの誰にも、もちろん瀬戸にも告げていない。なぜなら、それを知った彼らの反応が怖いから。きっと驚き、心配し、残念がって、慰め、励まし、あるいは苛立ちながらも、精いっぱいの気遣いをしてくれるだろう。想像するだけで、少し気が重くなった。

いや、臨床実習が始まり、多忙を極める授業に没頭して、もしかしたら、和佳奈の存在なんか忘れてしまうことだってあり得る。それもまた寂しい。医師という同じ未来を夢見る仲間であり、ライバルであり、自分の精神的な支えでもあった彼らから一人引き離されるのは、休学して学業から取り残されることより辛い。そして何より、母を失うかもしれない恐怖。それを打ち明けてしまったら、自分が壊れてしまうかもしれないと考えたのだ。

和佳奈は再び、その暗緑色の小さな石を、太陽にかざしてみた。

「何だか生きてるみたい」

溶岩が岩になって、手のひらの石になる、その長く休みなく続く自然の営みに比べれば、自分の迷いや不安など、つかのまの揺らぎみたいなものだ。〈いいもの、もらった〉。

「瀬戸君、ありがとね」
あらためて礼を投げかけると、振り向いた瀬戸孝太郎は、照れくさそうに笑った。

あれから、この石は、ずっと和佳奈のそばにある。小学生のころ、母がつくってくれたこの巾着袋に大事に入れて、どこへ行くにも持ち歩いた。もちろん、上京してからも、父のマンションで割り当てられた部屋の一角に。あるいは、病室へ通うときのバッグの中に忍ばせて。そして、ときどき取り出しては、明かりにかざして眺めたものだ。

父と母と三人の生活は、和佳奈なりに息苦しさをともなうものでもあった。自分が呼び寄せておきながら、父には日々の仕事がある。妻への想いや娘への気遣いをにじませ、一抹のやましさすら引きずりながら家を空ける、そんな父の後ろ姿を見送るのは辛かったし、当事者である母の、痛みや死への恐怖を、あらん限りの気力で寄せつけまいとする姿に、時に娘は打ちのめされた。

何より、和佳奈は、患者とともに病に立ち向かう医師を志す者である。そのことは院内でも知られていて、病状の説明も自然と専門的になる。また、和佳奈自身も治療の経緯をできるだけ詳しく把握しようと調べ尽くす。その一方で、母の顔色や容態をくまなく観察し、一喜一憂している自分に驚きもする。医学生と、がん患者の娘の間で、つねに揺れ動いているのである。

そんなとき、しばしば和佳奈は、この石を取り出して眺めた。担当医から母の深刻な病状について説明を受けたあと、あるいは、その母のベッドの脇で、穏やかな会話を交わしたあとに、どうにも心がざわついてしまうとき、この小さな石を見ると、なぜだか気持ちが落ち着いた。そして同時に、これを渡してくれたあのときの、瀬戸孝太郎という年の離れた同級生の、ちょっと浮世離れした、何ともたとえようのない笑顔を思い浮かべて、自分でも不思議なくらい癒されるのである。

上京して半年あまり経った春先のことだ。実家から持ってきたオレンジのミニクーパーで、いつものように母を病院へ送り届け、治療の間、時間つぶしに一人、駅前の商店街を歩いていたときである。ちょっと変わった風情の観葉植物の専門店が気になって、ふらっと入ってみた。二年前にオープンしたというその店には、さまざまな植物がところ狭しと飾られていた。地方出身の和佳奈が見たこともない独特の雰囲気で、興味をそそられ、店内に併設したカフェコーナーでひと休みすることにした。そこで見つけたのが、初代のリトープスである。

窓際のワゴンに並べられた植木鉢の一つに和佳奈は釘付けになった。ふわふわしたトゲをまとったなじみのあるサボテンや、ぷっくりした葉を花びらのように重ねた多肉植物にまじって、その奇妙な植物はいた。ひと目見たとたん、〈似ている！〉と思った。瀬戸孝太郎からもらったあの石にである。思わず指を伸ばし、触ろうとして踏みとどまった。まだ売り物だ。すぐさま近くにいた女性店員を呼びとめ、購入の意思を告げる。包装はあとにしてもらい、ついでに代金もコーヒー代と一緒にあとで支払うという話がまとまり、和佳奈が案内されたテーブルに、その鉢も運ばれたのである。

席について、さっそく和佳奈は、バッグの中の巾着袋から、いつもより慎重な手つきで、例の石を取り出し、しげしげと見比べた。見れば見るほどよく似ている。コーヒーを運んできた女性店員が、目を止めて「あら」と小さな声を上げたが、「ね、似てますよね」と、和佳奈が同意を求めると、ちょっと首を傾げて、「まあ、似てなくもないですね」とほほ笑んだ。しかし、明らかに落胆している客の顔に気付き、「でも、原産地では『生きた石』と呼ばれてるそうですよ」と、慌てて付け加えた。

すっぴんで、髪を無造作に束ねたその店員は、植物部門の販売スタッフも兼ねているらしい。多肉植物にも詳しく、「リトープス」という名前と、手入れの仕方のポイントを、実に簡潔に教えてくれた。彼女によれば、リトープスはまもなく脱皮の時期を迎えるため、表面にしわが寄って、カサカサになる。そうして、夏の休眠期を終えると、その殻を破って新しい葉が顔を出すのだそうだ。

「脱皮!?」

「そう、シワシワになって、真ん中から二つに割れて」

いま見ている、石のようにつるっとした姿からは想像もできない。似ているという見解に、彼女が即座に賛同しなかったのも無理はないのだ。

「抜いたときに分かるんですけど、根っこのすぐ上に、ほんの少し茎もあります。リトープス類は茎が短すぎて落葉できないから、動物みたいに脱皮して、新しい葉と交換するんです」

この話を、さっそく帰りの車内で母に聞かせると、母は何がおかしいのか、途中からクスクス笑いが止まらない。

「何よ？」

「自分で分からない？　あんたの話は変よ。あっちこっちとっちらかって。とても、医者の卵とは思えない」

そうして、またクックッと笑う。

「あー、ダメ。きついわ。治療のあとに聞くもんじゃないわ。そんな訳の分からない話」

そのまま、後部座席でうとうとしていたが、帰宅すると、がぜん元気になり、「さっきの続き」をせがむ。

「一つだけはっきりしてるのは、あんたはその、瀬戸くん？　孝太郎さん？　その子が好きなのね」

どうやら和佳奈は、リトープスと河原の石の話にまぎれて、瀬戸孝太郎の名前を連発していたらしい。確かに話がとっちらかるはずだ。和佳奈は観念して、まず、買ってきたばかりのリトープスの鉢を、小さな白いギフトボックスから取り出して見せ、次に、母手製の布袋に入った例の小石をテーブルの上に並べた。母は「ふーん」と二つをしげしげと眺めたあと、「まあ、似てなくもないわね」と、さっきの女性店員と同じことをいう。

「でも、あんたの気持ちは分かる」

「えっ？　何それ」

「だから、小石一つじゃ心細いってこと。よかったじゃない。味方が増えて」

さっぱり意味が分からない。

「じゃ、話してみなさい。その、瀬戸孝太郎くん？のこと」

それから和佳奈は、母に問われるまま、その、だいぶ年上の同級生の話をし始めた。出会ったときのこと、河原の石をもらった去年の夏のバーベキュー、クラスの中で彼がどんな存在だったか、二年足らずの間に彼と交わした、数えるほどの言葉。語り出すと、一つ一つ、驚くほどはっきりと思い出すことができる。瀬戸くん。子どもみたいに無邪気なところと、妙に老成したところを、ごく自然に共存させ、身軽そうで腰の重い、強いのに特別押しが弱い、何とも不思議な人物。話しながら、和佳奈の中で、孝太郎の実像が、鮮やかに立ち上がっていった。

途中で母は、寝室のベッドに移動し、リトープスと一緒に購入したハーブティーをちびちび飲みながら、話を聞いていたが、疲れが出たのか、やがて横になり、それでも、熱心に相槌を打っていた。そして、さすがに和佳奈が、もう休んだほうがいいと切り上げようとしたとき、

「内分泌って、どんなことするの？」

と、唐突に尋ねた。瀬戸孝太郎が、入学したときから内分泌、とくに甲状腺の専門医になると公言していたと話したのが、気になったらしい。母の要望に応えて、和佳奈は精いっぱい分かりやすく説明しようと努めたが、伝わったかどうか。ただ、母は、少し眠気が勝ったようなぼんやりした表情で、

「ふーん…。何か、患者さんの体の全部を診るような感じね」

「あ、そうそう。患部を治療するというより、そんな感じかもね」

実際には、治療すべき患部はあるはずだが、和佳奈はいま、その素直な感想を訂正する気にはならなかった。内分泌というのは、ホルモンの流れをつかさどるものだ。患部のみならず、患者の日々の容態の変化を見つめ、それに寄り添う治療という意味では、母の言葉にも通じるかもしれない。

「そうなんだ…。体だけじゃなくて、心のほうも診てくれるのかな」

と、母は安心したように目を閉じた。それにしても、孝太郎はなぜ、あれほど甲状腺専門医に固執しているのだろうか。あの柔軟このうえない身上に、ちょっとそぐわない気がする。確

かお姉さんが甲状腺の病気だったと聞いたような記憶があるけれど、本人からちゃんと告げられたわけではない。そういえばお母さんも、がんで亡くなったとか…。そこで和佳奈はハッと息を詰まらせた。それを見計らったように、

「ねえ、かなちゃん」

母はときどき和佳奈をこう呼ぶことがある。決まって、あらたまった話を切り出すときだ。

「あなたは外科医になりたいの？」

まるで、娘の心を見透かすようなこの問いに、和佳奈はすぐに返事ができない。

「それはもしかして、私の病気のことを考えたから？　…でしょう？　違う？…。でもね、私はねぇ、せっかくお医者さんになるなら、生きている患者さんをずっと診てくれる人になってほしいな。例えば、女性の一生に寄り添ってくれるような…」

母はいまにも眠りに落ちそうな小さな声でいった。

「会いたかったなぁ…。瀬戸孝太郎くん」

寝入りばなのつぶやきに、思わず母の手をとる。

「会えるよ。会えるから」

いいながら和佳奈はその手を両手で、そっと、心持ち力をこめて握った。

一年あまりの間に、母の入退院は三度におよんだ。退院後も二週間に一度は、薬の効果を確かめるため、和佳奈もしくは父親が母を車に乗せ、通院する日々が続く。しかし、最後は母のたっての希望で、緩和ケア病棟から自宅マンションに移り、在宅での看護となった。主治医は週に一度、看護師をともなって訪問し、ほかの日は主に和佳奈が容態を観察し、その他の介護も一人で行った。

自宅に戻ってから、母はおおむね機嫌よく、容態も安定しており、娘の手を煩わすことなどほとんどなかったが、なぜかその期間のことを、和佳奈はよく覚えていない。家事以外はおそらく母の様子を見るのがもっぱらの仕事だったはずなのに、そのとき交わした言葉も、母の顔色も、記憶のかなたに遠のいているようなのだ。そうして、その迂闊な日々の犠牲となったのが、例の初代リトープスである。

女性店員の的確な指示が功を奏し、二つのリトープスは、肩寄せ合って無事に最初の脱皮を果たし、生長期を迎えたのだが、休眠期となる夏は、とりわけ雨量が多かった。梅雨が明けても、しとしと雨の日が続き、室内にはどうしても、多肉植物が最も苦手とする湿気が充満する。たまに晴れて、少しでも日差しをとベランダに鉢を出し、うっかりしまい忘れることもしばしばあり、急な入院なども重なって、気付いたときには、もはや手遅れだった。ただでさえ園芸ごとは不得意なのに、水やりと湿気と日光が、慣れない日常と最後までちぐはぐにかみ合わず、本当にかわいそうなことをしてしまった。

一度だけ思い出したように、母から「あの子たちはどうしてる?」と聞かれたことがある。

「ん? 誰のこと?」と、とぼけてみせたが、母はそれ以上何も聞かなかった。そのころはもう、鎮痛剤により、終日うつらうつらしていたのだと思う。それとも、母のその問いは、遠い実家の庭の花木たちに向けられたものだったかもしれない。そう、和佳奈がいま眺めているこの庭の花たちだ。


リトープスの名を、瀬戸孝太郎は知っていた。河原で拾って和佳奈にプレゼントした火山石とは「似てるかなぁ」と首を傾げていたが、「シワシワになって、パカッと真ん中が開いて、新しい芽が出てくるんだよね」と、愉快そうに語っていた。それを枯らしてしまったと聞き、一言「サボテンを枯らす女」とつぶやいて、クスッと笑ったあと、真顔に戻っていった。

「きっと、根腐れを起こしたんだね」

サボテンをはじめとする多肉植物は、砂漠などの過酷な乾燥地帯で生き抜くため、自らの葉や茎や根に水分を蓄える。だから、一般にあまり手入れをしなくてよいといわれがちだが、育て方にはコツがある。なにしろ、生まれた土地を遠く離れ、気候も風土もまったく違う場所にやってきたのだ。むやみに手をかける必要はないが、まず、彼らの生来の暮らしぶりを十分に理解して見守ること。「日に一度でも見てやれば、そのつど何をしたいか教えてくれるから」。

大丈夫だと、謎めいた助言をして、彼もやはり、それ以上は何もいわなかった。そして、次に会ったときに、二代目のリトープスを携えてきたのである。

首都圏にある総合病院に後期研修医として勤務するため、和佳奈は来週、この家を出る。こんどは一人ではない。向こうには、同じ病院に勤める予定の同期、瀬戸孝太郎がいる。もちろんこの二代目のリトープスも一緒だ。無事に脱皮できそうだから、着いたらさっそく大きめの鉢に植え替えをしようと、彼はいっていた。

余談ながら、プレゼントの石を和佳奈がたびたび陽の光にかざしているのを見て、いつだったかずいぶん経ってから、「あまり、意味ないと思うけど」と、ボソッといったことがある。

「黒曜石と違うから、透けて見えないと思うよ」

まったく、どうでもいいことを、憎たらしいほどよく知っている男だ。

第11話

二人の岡野さん

病棟へ続く渡り廊下から、色づき始めた銀杏の木のてっぺんが見える。反対側の窓の下に広がるのは、車だらけの駐車場だ。母校の医学部に併設する三階建ての大学病院は、どの窓からも山が見えて、季節ごとに色やかたちが変化する稜線と、空の対比を眺めるのが習慣になっていた。そういえば、短期留学していた北九州の病院も、四方を切り立った山に囲まれていたし、卒業と同時に留学したアメリカの研究所は超近代的な未来都市の一角にあったが、背後には壮大な山脈が連なっていた。ひと続きに記憶をよみがえらせると、あらためて、地元に帰ってきたという実感が湧く。

〈まあ、ここも建物自体が山脈みたいなもんだけど〉

瀬戸孝太郎が、いまの病院に来て、四回目の秋が巡ってきていた。後期研修医の一年目は、カリキュラム内容をかなりタイトに詰め込んだため、それこそ窓の外の景色を見る余裕などほとんどなかったが、季節の移ろいに気付くということは、それだけ仕事にも慣れてきたということか。創設以来、増築に増築を重ね、縦横に拡張されてきたうえに、先ごろ高層階の入院病棟も完成し、さらに迷路化が進んだ院内も、いまや苦もなく歩くことができる。

孝太郎は、ほかの医学生とはちょっと違った経緯をたどってきた。それは、彼が医者を目指した理由のユニークさに関係している。いったんは、大手製薬会社のＭＲ（医薬情報担当者）として有望視されるも、突如医者になると宣言して退職し、猛勉強して医学部に入り直したのは、内分泌を学び、甲状腺の専門医になることが、彼の新たな夢になったからだ。整形外科医の父が一瞬抱いた跡継ぎを得るというほのかな期待は、みごとにしりぞけられたわけだが、その一途な想いは周囲に少なからぬ影響を与え、たくさんの出合いと幸運に恵まれて、いま彼はここにいる。

ちなみに、「後期研修医」と前述したが、いまはそんなふうに呼ぶことはない。研修医と名がつくのは、初期の二年間だけ。現行の制度では、初期研修を終えると、専門医機構が定めた各病院の専門研修プログラムに応募・合格後、専門医取得を目指してキャリアをスタートさせる。新たに設けられたその研修期間の医師を、従来の後期研修医に代わり、「専攻医」と呼ぶ。

専門研修プログラムは基本領域とサブスペシャリティ領域の二段階構造になっており、まず、基本領域における専門医を取得してから、サブスペシャリティ領域へとステップアップする。専攻医はこれを三〜五年にわたって習熟し、専門性を深めていくというしくみである。孝太郎の初志貫徹ぶりは、ここでも大いに効力を発揮した。なにしろ最初から甲状腺専門医を目指す人間などそう多くはない。いってみれば、医師として歩き出したと同時に、その道が一直線に開けていたようなものだ。

実際、SNSなどを介して、この変わり種の存在は、予想の斜め上を行くその伸びしろとともに、関係者の間でちょっとした話題になっていた。彼が生まれ故郷に帰り、地元の基幹病院を専攻医の研修施設として選んだという情報も、つぶさに共有され、採用先の病院では密かに快哉を叫ぶ一方、見送る母校方面サイドは一様に落胆の声を洩らしたという。

もっとも、孝太郎の耳に、そんな噂が届くはずもない。彼にしてみれば、実家からも近く、専門性に優れ、甲状腺治療の症例数が群を抜くといった好条件がそろい、この病院一本に希望を絞っていただけのことである。しかし、限られた定員数で、希望の研修先がなかなか決まらない場合も多いというのに、一次登録であっさり採用された裏には、それなりの理由があったとも推測できるのだ。

ついでにいうと、医学部卒業と同時に、すんなりアメリカへ留学できたのも、会社員時代の二年間、英会話の学校に通い、TOEIC、TOEFLでいずれも基準以上という条件を満たしていたからで、孝太郎の場合、回り道がかえって好循環をもたらす人生を歩んできたともいえる。

そんなわけで、この三年半で経験した症例や論文の数も、孝太郎の場合、飛び抜けて多く、年明けの筆記試験をクリアすれば、基本領域での専門医取得は確実である。県内外に知られるこの総合病院の内分泌・乳腺外科で、週に二日ないし三日は手術室に入り、主に第一助手を務め、最近は執刀を行う機会も増えてきた。この調子で実績を積んでいけば、孝太郎が甲状腺専門医サブスペシャリティ領域の資格を取得する日もそう遠くはなさそうだ。

基本領域の診療科を決めるとき、孝太郎は迷わず外科を選択した。将来、甲状腺あるいは内分泌、乳腺などを専門とするにしても、外科医を目指すことは、研修医時代、というより、医学部で臨床実習を始めたころから決めていたことだ。もちろん、あらゆる分野のコモン・ディジーズ（日常よく遭遇する疾患）を臨床現場で総括する内科研修も、学ぶべきことは膨大にあったが、外科で得られる医療技術のバリエーションの魅力には勝てない。とりわけ留学先や研修先で術前カンファレンスに参加したときなど、医師たちがキャリアを問わず活発に意見を交わし、一人の患者の生命に真剣に取り組む、そのダイナミズムに、孝太郎は何度も圧倒された。要するに、ハマったのである。

もともと細かい作業や工作が得意で、ちょっとした棚や椅子なら自分でつくる。手先の器用さとセンスにかけてはピカイチと、誰からも一目置かれていた。裁縫もしかりで、繕いものなど、四歳上の姉よりはるかに手際がいい。だから、外科医の基本とされる手術の糸結びの練習も、まったく苦にならなかった。暇さえあれば、自分の白衣のボタン穴はもちろん、上着、パジャマ、ズボンのポケット、果ては仲間の衣服や寮にあるソファの裂け目に至るまで糸をかけ、またほどくといった作業を飽きずに繰り返し、周囲から引かれたものだ。

現在は、一回の操作で止血切離する超音波凝固切開装置が一般化し、時間短縮のうえからも、当然ながら糸結びの用はそれほど多くはなくなったが、人間の指先を使って、迅速かつ正確に、しかも臓器の深部まで糸を結べるよう技巧を鍛えるトレーニングは、孝太郎の嗜好にすこぶる合っていて、同期が皆、適当なところで手を打つ中、一人黙々と修練を続けていたものだ。それに、もとは農学部で生物学を学ぶほど、無類の生物好きときている。この手で命に直接触れられる外科という領域への興味は尽きることがなかった。

初めて本物の甲状腺を見たのは、母校の大学での病理解剖の実習のときだった。四年次の解剖学の実習では、ホルマリン漬けされた処理済みの献体を扱うが、病理解剖の場合、実際に亡くなって間もない遺体を手がけるので、形態も色も本来の臓器とほぼ変わらない。病理の指導医が取り出した甲状腺は、紫がかった暗赤色で、本当に、少し変形した軟らかいチョウチョみたいなかたちをしていた。それまで、内分泌系の資料を暇さえあれば読みあさり、ライフワークのように慣れ親しんできた甲状腺の真の姿を目の当たりにして、その夜は遅くまで寝付けなかった。

あれから六年あまり。実際にこの手で患者の甲状腺を取り出すようになると、結節の数や大小、悪性良性の違いなどによって、その小さな臓器はさまざまに様相を変え、そのたびに孝太郎を驚かせ、時には困惑させ、あるいは感嘆させ、医者としての見識を深めるための確かな手がかりを、存分に与えてくれた。そしてこれからもその付き合いは脈々と続き、甲状腺専門の外科医として、間違いなくキャリアを重ねていくかに思われた。

しかし、そんな孝太郎に、新たな転機が訪れようとしていた。

長い廊下を曲がったところで、見慣れた細身の白衣姿が目に飛び込んできた。西日が差し込む窓を背にして、ゆっくりと近付いてくる。いつものように片手をポケットに入れ、もう片方の手を軽く上げ、指を開いてひらひらと振っているようにみえるが、逆光で陰になったその表情は読み取れない。孝太郎は眩しさに思わず目を細めた。会うときはいつもそんな感じだ。はっきりと彼女の顔を見たためしがない。

「来ると思った」

医学部の同級生で、専攻医として同期入職した原和佳奈である。立ち止まって首を伸ばし、目を見開いて、しげしげと、こちらの顔を観察する。まるで動物園のオカピーか何か、お気に入りの珍獣でも久方ぶりに眺めるような、好奇心いっぱいのまなざしに、これも毎度のことながら、孝太郎はそわそわしてしまう。

「岡野さんの件？」

「オカ、あ、うん…。午後はミーティングだけだから」

「ちょっと話す？」

廊下の先は産婦人科病棟である。二人は、ナースセンターの手前にあるエレベーターホール脇の小部屋に落ち着いた。

「そっちは時間、あるの？」

「外来終わって、ちょうど休憩とろうと思ってたところ。岡野さん、さっき帰ったよ」

岡野さん、岡野由紀子は現在、無月経で婦人科にかかっている。年齢は三〇代前半。甲状腺ホルモン値が著しく低下しており、甲状腺機能の異常が疑われたため、詳しく検査をした。そのとき、外来で岡野を診察したのが孝太郎である。

しかし結局、疾患は認められず、非甲状腺疾患と診断され、岡野由紀子が再び婦人科に通院することになって半年ほど経つ。担当している和佳奈によれば、食事や日常生活の指導により、月経は不順気味ながら、徐々に回復傾向にはあるようだ。ただ、FT_3は依然として低いままで、しかも、甲状腺刺激ホルモン（ＴＳＨ）も上昇していない。つまり、低T_3症候群という状態が続いている。

一番の問題は、甲状腺ホルモンの数値が上がらない原因が、なかなか解明できない点である。疲れやすい、体が冷えるなど、甲状腺の機能低下にみられる症状は若干あるものの、日常生活に支障をきたすほどではない。また、低T_3症候群の原因として若い女性によく挙げられる極端なダイエットの経験も、とくにないという。第一、甲状腺疾患ではないから、甲状腺ホルモンは処方されていないのだ。

ただ、二年前の流産を機に、うつ状態にあることが、家族への聞き取りで分かっている。和佳奈は、それもまた無月経の原因の一つになり得るのではないかと考えていた。

「心因性のものだとすると、やっぱり時間をかけて診ていくしかないのかな」

「そうだね…」

二人同じ、腕を組んだ姿勢でしばらく黙り込む。

「フィードバック機構がうまく働かない…」

和佳奈の口から、思いがけない一言がこぼれ出た。といっても、産婦人科の専攻医としては、ごく自然な発想かもしれない。甲状腺ホルモンの分泌をつかさどるネガティブフィードバックは、孝太郎がとりわけ熱量をもって取り組む課題の一つだが、このしくみについては、むしろ女性ホルモンのほうがよく知られている。脳内の視床下部から下垂体へと指令が伝わり、一方は甲状腺へ、もう一方は卵巣へとホルモンの分泌を促す。そうして、生命の恒常性維持のために体内のホルモン量を始終調節しているのだ。

しかし、その機能は非常に緻密で、絶え間ない微調整を要するため、時に不具合が生じる場合もある。だからこそ、例えば甲状腺ホルモンが短命で即戦力のあるT_3と寿命の長い待機組のT_4に分かれて存在するという具合に、幾重にもセーフティ・ネットが備えられているのである。

妊娠出産にかかわる女性ホルモンも同様で、その意味では、婦人科系と内分泌・甲状腺科系の関係性もまた、想像以上に深い。さらに、女性ホルモンの分泌にはストレスなどの心理的な要因も絡み、より複雑でやっかいな場面に遭遇することも少なくないのだ。

医学部に復学したときから、和佳奈は専攻科を産婦人科に決めていた。一時は循環器か消化器の外科医を目指したこともあったようだが、いったん決めると、まっしぐらに突き進むところは、誰かによく似ている。ただ、その理由を、和佳奈はあまり詳しく話そうとしない。おそらく、母親の死が少なからず関係しているだろうと、孝太郎は推測している。どこか共鳴できる点があるからだ。

あるいは、孝太郎が、甲状腺や内分泌を通じて命の神秘を直に感じ取るように、和佳奈も、命を生み育てる女性に寄り添う医師の姿を、自身の理想とするようになったのかもしれない。

しかも、妊娠出産や、婦人科系の疾患にかかわるだけでなく、女性の生涯そのものを多方面から支援したいという想いが、時を経るごとに、和佳奈の中で強くなってきているように、孝太郎にはみえた。

「留学の日程、決まった？」

唇を真一文字にして、まだ何か考え込んでいる和佳奈に、恐る恐る孝太郎は話しかけた。

「えっ？　うん、だいたい」

眉間に寄せたシワがパッと消え、いつもの快活な笑顔に戻る。来月、和佳奈は、女性医学の最先端の研究現場を体験するため、アメリカへの半年間の留学を控えているのだ。

「カウンセリングの実践現場も何カ所か見てくるつもり」

岡野由紀子の場合もそうだが、ホルモンの問題にかかわると、どうしても女性のメンタル面への配慮が重要になってくる。難しい領域に踏み込むことになるが、それだけ深い関係があるということだ。どうやら和佳奈のフィールドは、女性・母性医学を基点に、孝太郎の予想をはるかに超えて広がりつつあるようだ。

「やりたいことが多すぎて、絞り切れない」

「行ってみれば何か、見つかるんじゃない？」

気の利いた言葉が見つからず、何ともあいまいに答えたが、和佳奈のほうはにっこり笑って、

「そうね。先輩」

先輩？　先輩って何だよ。

「そっちはどう？　進んでる？」

和佳奈が冗談まじりに同期を「先輩」と仰ぐのはもっともな話で、孝太郎は留学よりずっと大きな計画を進めようとしている。そのきっかけとなったのは、岡野喜久子という四〇代後半の女性。偶然にも、前述の岡野さんと同姓だが、こちらは、孝太郎が執刀したバセドウ病の元患者である。

彼女のことを考えると、孝太郎はいまも胸が痛む。もちろん、とがめられる所以は何一つなく、周囲からもあまり気に病むなといわれるのだが、ふと気がつくと、あのとき何かできなかったかと、自責の念に駆られてしまう。

近年、バセドウ病の手術件数は減ってきている。薬物治療が主流となり、放射性ヨード内用液療法も増え、リスクのある手術は敬遠されているのである。ただ、岡野さんの場合、甲状腺が著しく肥大し、手術によって甲状腺を全摘出することが決まったのだった。甲状腺の専攻医となって、孝太郎が執刀するのは二度目であったが、手術は無事成功し、術前の甲状腺ホルモンのコントロールを含め、岡野喜久子は予定どおり一週間で退院した。

甲状腺を全摘出すると、当然ながら体内で甲状腺ホルモンをつくることはできなくなるから、内服により甲状腺ホルモンを補充しなければならない。岡野喜久子も退院二週間後の検査で、当面の薬剤の投与量が決まり、一カ月後には再度来院、検査して、傷の治り具合の確認や、組織診断の説明とともに、その後の服薬スケジュールを組むことになっていた。

ところが、一カ月後の検診日、彼女は病院に姿を現さなかったのである。担当者がすぐに自宅へ電話をかけたが、誰も出ない。留守電に録音しても一向に返信が来ない。一日、二日、様子を見ようとなったものの、気がかりなのは薬のことである。内服する甲状腺ホルモン薬が切れてしまえば、体内の甲状腺ホルモンが失われ、こんどは甲状腺機能低下症となってしまう恐れがあるのだ。

喜久子からの連絡を待つ間、孝太郎は、診察中の彼女とのやり取りを思い返していた。バセドウ病という診断結果が出て、治療法を説明し、手術を提案したときの、喜久子の表情はどんなだったか。手術の内容について、彼女はきちんと理解していたか。全摘出の場合、甲状腺ホルモンを補うために、術後、薬を服用し続けることを、彼女は納得していたか。何より、甲状腺の機能について、それが彼女にとって、どれほど大切な臓器であるかを、自分はしっかりと説明できていただろうか…。

そこで思い出したことがある。手術前、甲状腺機能を正常に保つため、あらかじめ抗甲状腺薬で数カ月間、調整を行うのだが、喜久子はしばしばそれを飲み忘れることがあった。診察のたびに、孝太郎はそれを指摘し、「ちゃんと飲んでくださいね」と声をかけていたのだ。看護師にもその件を伝え、薬の管理を徹底するよう、家族に申し送っていたはずだが…。

あれこれ考えをめぐらす間にも時は過ぎていく。飲み忘れた薬も、いずれは底をつくだろう。孝太郎は矢もたてもたまらず、事務局のスタッフに同行を頼み、直接自宅を訪ねることにした。古びたマンションの一階にある喜久子の家は、予想に違わず留守で、ひっそりと静まり返っていた。孝太郎はやむなく、前夜、医局で書いたレポート用紙数枚の封書を投函したのだが、喜久子の術後の経過を気遣い、その後の内服の必要性を詳細に書き込み、つい長くなったその手紙を読んでくれたのか、ようやく一週間後に、喜久子の元夫と名乗る人物が来院したのである。

孝太郎は、岡野喜久子の元夫と会うのは、そのときが初めてだった。それどころか、孝太郎の指導医である医局の先輩も、ほかの内分泌・甲状腺科のスタッフも、誰一人会ったことがない。喜久子はいつも一人で受診し、一人で入院手続きをし、一人で入院し、甲状腺摘出の手術を受け、退院していったのだ。病室に付き添う者も、あるいは見舞いに来る者もいなかった。病棟の看護師には、家族は遠くに住んでいると話していたようだ。

元夫の話では、離婚届を提出し、すでにマンションの売却先も決まって、元夫は家を出ていたのだが、彼女の希望で、手術が終わるまで明け渡しを延ばしていたという。承諾書にも元夫が記入した。しかし、病気の内容はよく知らないようだった。退院後、二週間ほど滞在したらしく、きょう出ていくとメールで知らせてきたきり、音沙汰はない。妹の家にいったん身を寄せると聞いていたので、孝太郎の手紙を読み、すぐに連絡してみたが、来ていないという。実家は長崎県にあるが、両親はすでに他界し、空き家になっているはずだ…。

　話を聞きながら、孝太郎は何ともやるせない思いに襲われた。岡野喜久子の孤独が胸に迫る。同時に、自分は医者として、彼女の何を見ていたのかと、この不覚を、未熟さを恥じた。肥大し、硬くなり、みずみずしく呼吸することもできなくなった、甲状腺の両葉に代わって、自分はそのあと彼女のために、何をしなければならなかったのか。これからの医者としての人生に、この出来事を深く刻まなければならない。そう思った。

　長崎に実家があると聞いて、同席していた先輩に顔を向けると、先輩は力強くうなずき、彼も、孝太郎も、一時在籍していたことがある北九州の大学病院宛てに、すぐ紹介状を書くといって席を立った。

　先輩を待つ間、孝太郎は、喜久子の元夫に、バセドウ病について簡潔に説明した。イライラする、集中できない、疲れやすい…。そういったバセドウ病の症状を挙げると、元夫は、「ああ…」と大きく嘆息した。思い当たる節があるらしい。「二年ほど前から。いや、もっと前か…」。何かにすがるように、視線をあちこちに揺らして、夫婦の間の出来事を思い出しているようだった。紹介状を受け取ると、「探してみます」と、報告を約束して帰ったが、その後、元夫からの連絡はなく、一年あまりが過ぎた。

春、病院の正門前の大きな桜の木がつぼみを付け始めたころ、岡野喜久子の消息が、ようやく明らかになった。一本の電話が医局に入ったのである。先輩が紹介状を書いた北九州の大学病院の内分泌内科医からのものだった。

喜久子はやはり故郷の長崎に帰り、市内のアパートに一人暮らしをしていた。隣人から通報を受けて、アパートの大家が駆け付けたとき、まだ肌寒い早春の一室で、彼女は布団にくるまり、やせ細って瀕死の状態だったという。半年ほど前までは、近くのコンビニで働く姿も見かけたが、ここ数週間、在宅している気配もなく、心配になって、大家に問い合わせたのだという。紹介状は、寝床のそばの、小さなこたつの上にあった。大きな呼び声に目を開けた喜久子が、か細い腕を伸ばし、震える指でそれを差したそうだ。

喜久子は結局、その後、誰にも連絡をとっていなかった。携帯電話の契約もすでに切れている。紹介状は、元夫から、名古屋に住む彼女の妹のもとへ転送されたが、音信は途絶えたままで、探すすべもなく、数カ月間、留め置かれていた。ところが、その年の暮れ、県の外れに住んでいるという姉妹の母の遠い親戚から、妹宛てに予期せぬ知らせが届く。先ごろ亡くなった母親の遺品の中に、喜久子の転居先を記した書類を見つけたというのだ。保証人として母親の署名もあったが、電話の主は、その件について一切聞いていていない。妹とは互いに顔も知らない同士。たった一つ、一緒に保管されていた名古屋の連絡先のメモにより、すんでのところで細い糸はつながったのである。

それにしても、上京して約三十年。両親の他界後はすっかり縁遠くなった故郷に、喜久子はなぜ再び舞い戻ったのか。年の離れた妹とは違って、幼い時分の姉なら親戚付き合いがあったとも考えられるが、いったいどんな経緯で、頼ることになったのだろうか。次々と疑問は湧くものの、ともかく紹介状は妹の手で、長い手紙とともに、教えられた住所に郵送された。妹も年明けには訪ねるつもりでいたが、日々に追われて先延ばしになっていたところ、この顛末となったのである。

何らかの理由で甲状腺ホルモン薬の服用を中止し、甲状腺機能が低下した状態を放置しておくと、全身の機能が低下し、進行すれば死に至ることもあり得る。岡野喜久子の場合、発見されたときは、極度の貧血に加え、心嚢液貯留による心不全に陥っており、深刻な事態からかろうじて救われたといっていい。紹介状の期限があるとすれば、とっくに切れているはずだが、彼女は周囲のさまざまな人の助けを得て、北九州の大学病院にたどり着くことができた。

岡野喜久子のことをきっかけに、瀬戸孝太郎の中に新たな想いが芽生えた。自らの将来を真剣に見直す時期が近付いているのを、意識するようになったのである。

もちろんいまの、外科医の仕事には生きがいを感じている。毎日が充実し、何もかもが新鮮な手ごたえに満ちている。患者や家族に向き合い、一つ一つの症例に取り組むごとに、助手として、あるいは執刀医として手術室に立つたびに、自分でいうのも気恥ずかしいが、日々、自らの成長を実感できた。

ただ、いつも一つだけ、割り切れない気持ちが残る。外科医と患者が向き合う時間は限られている。一人の患者の人生は、病に見舞われる前から続いていて、当然ながら、孝太郎たちがかかわったあとも、延々と積み重なっていく。かけがえのない、その一人一人の道のりを、見届けずに過ごすのは、大切な何かを欠くことにつながらないか。むしろ、患者に寄り添い、見守り続けることに、価値があるのではないか。

むろん、患者の人生を、孝太郎がまるごと引き受けるわけにはいかない。それでは医者の守備範囲を大きく外れてしまう。ただ、指に触れたその人の甲状腺の、わずか数十グラムほどの、その唯一無二の命の重さを、手術が済んでも忘れずにいたい。どんな環境に置かれても、その生命を維持できるよう、人に授けられる神がかりな体のしくみ。その大方を担う小さな臓器に魅せられた自分の、それは役割ともいえるかもしれないのだ。

そんなことを、つらつらと考えていたら、突然、降って湧いたように、あらぬところから別の扉が開いた。整形外科医院を開業している父の壮一郎が、そろそろクリニックをたたみたいといい出したのである。息子に刺激を受けたのでもないだろうが、還暦を過ぎて一念発起し、一から講習を受け、学会認定のスポーツ医となってから、次々に資格を取得。いまも現役バリバリで、県の野球・ソフトボール連盟の顧問ドクターとしても活動している父の爆弾発言に、すぐさま家族会議が招集された。しかし、一度いったら聞かないのは瀬戸家の血筋である。

壮一郎いわく、開業医としての仕事は、もうやり尽くしたから悔いはない。長年付き合いのある患者たちには悪いが、彼らのことは地元の整形外科の後輩に任せる。あとは無理せずお迎えが来るまで、家族の介護や行政の支援も借りながら、のんびり健康に過ごしてくれるのを願うばかりだ。そして自分も、遅ればせながら整形外科医としての新たなやりがいを見つけたから、これからは、その役割に余生をささげたい。若い者と顔を合わすのは楽しいしな。

「なんだ、じゃあ、閉院しても仕事は続けるんだね」

孝太郎はじめ、一同安堵した瞬間、またもや爆弾発言である。

「ああ、閉院はする。何ならあのクリニック、おまえが代わりにやったらどうだ?」

「はぁっ!?」

いわれた孝太郎も、隣で聞いていた姉の若葉も、驚いてあんぐりと口を開けている。

「あ、そうか。おまえ、まだ医者じゃないもんな」

思い付きで口にした言葉を、壮一郎は自分で取り消そうとしたが、

「いや。もう一応、医者だけど」

孝太郎はニコリともせず、

「じゃあ…そうさせてもらおうかな」

次に驚くのは壮一郎の番だった。若葉も、少し離れてやり取りを聞いていた若葉の夫の徹も、想定外の展開に息を飲む。会社員をやめて医者になると告げたとき、三十五歳までに医者になると、父に約束した。初期研修医の期間を終えて地元に戻り、専攻医となったのがその年である。父は確かその年、七十歳の古希。何とか間に合ったと思った。

「四十歳まで延長させてもらっていい？　リフォーム資金とか、また…」

「また出世払いで？」

姉が隣で、半笑いしながら口をはさんだ。


「出世払いは続行中なんだ」

おかしくてたまらないといった顔で、和佳奈がいう。

「いや、学費のほうはいったん完済した。出世払いの再開」

孝太郎もつられて笑いそうになるが、そろそろ休憩も終わりだ。

「じゃ、来週よろしくね」

和佳奈の父は会社を後進に譲り、故郷に帰って個人の経営コンサルタントをしており、孝太郎が開業すると聞いて、そのサポートを買って出た。来週上京し、準備に向けて本格的に打ち合わせを始めることになっているが、あいにく和佳奈は、留学準備の一環で大阪のセミナーに参加するため同席できない。

孝太郎の存在については、母が亡くなる前に聞かされていて、

「遠距離恋愛は親譲りだな」

などとうそぶいていたらしい。同じ病院に勤務すると知って、やっとまともな恋人同士になると手放しで祝ってくれた。それなら自分は、恋人ならぬ妻と、なぜ長い間、離れ離れに暮らしていたのか。娘としては忸怩たる思いもあるが、いまさら責めても仕方がない。父はいま一人、妻の愛した家に残り、彼女がつくった庭を手入れし、失ったものの大きさをかみしめ、慈しんでいるのだろう。ただ、何かと口実をつくり、嬉々として和佳奈と孝太郎の動向調査のため上京するのは、ちょっと癪にさわる。

そんな、何とも屈折した娘の心境を、妙に明るく打ち明ける彼女に、時折困惑してしまう孝太郎である。

「それと、来月から」

別れ際、エレベーターの前で、和佳奈が振り向く。

「よろしくお願いします」

「ああ…はい」

留学中、和佳奈の部屋の多肉植物の世話を頼まれていたのだ。鉢の数は順調に増え、いまは、孝太郎が贈った二つのリトープスだけでなく、サボテンやアロエなど、多種多様な植物たちが、彼女の部屋の一角を占領している。中にはハオルシアという、葉先に大きなレンズ構造を持つものもある。窓と呼ばれるレンズが、体内に光を取り込み、透明に輝く珍しい品種だ。和佳奈が、河原の石を陽にかざすのを茶化したお詫びに、それも孝太郎が買ってきた。

「僕が行けないとき、ピンチヒッターを立ててもいい？」

「寛太くん？　大歓迎」

ひらひらと片手を振りながら、和佳奈はエレベーターに乗り込んでいった。

第12話

オールドフレンズ

約束の時間より十分ほど早く、壮一郎が店に着くと、奥の座敷で内田はもうビールを飲んでいた。いつものように、「おっ」と短く片手を挙げる。

「なんだ、早いな。暇か？」

「暇なのはそっちだろ。とっくに開業医から足を洗ったんだから」

出だしはいつもこんな調子だ。出会いから半世紀を優に超え、減らず口の応戦は、いまや互いの体調を確認し合う恒例行事となっている。

二人は医学部の同級生。というより、壮一郎は整形外科、親友の内田泰蔵は内分泌・甲状腺科と、それぞれ目指すところは分かれたが、同じ医学の道を進みながら、刺激し合い、叱咤し合って、付かず離れず、ここまでやってきた同志といえる。

そのうえ、ここに来て、この両極ともいえそうな二つの科は、実に密接なつながりを有していることが分かり、長い年月、各々で蓄積してきた知見や情報が、面白いようにリンクする事象が起きている。もちろん、そこには双方の知人友人、家族も含め、多くの人間が、まるでシナプスの端末のようにかかわっているわけだが。

「あっちには顔を出してるのか？　えっと、ファンファーレだっけか」

「ファルファッレ。まったく、いまだに名前を覚えないのはおまえくらいだぞ」

『ファルファッレ』とは、瀬戸壮一郎の娘、若葉が代表理事を務めるNPO法人である。バセドウ病をはじめとする甲状腺疾患、さらに内分泌、ホルモンなどの知識啓蒙を目的として、女性の心身の問題を生涯にわたってサポートする活動をしている。初めは、実家の一室を仮の事務所に、若葉一人で細々と運営していたが、ホームページやミニコミ誌の発行、イベントやワークショップなど、さまざまなプロジェクトを通じて仲間を徐々に増やし、ついに法人事務所を開設。最近、全国的にも名を知られるようになってきた。

内田は、若葉の主治医だったこともあって、ファルファッレの発足時から深くかかわり、総合病院を定年退職したあとは、講演やセミナーの講師のほか、多方面でいまも支援を続けている。また、フリーとなった内田のメディア対応、執筆や講演のスケジュール管理など、マネジメント業務は若葉が受け持っているため、月に何度か事務所に顔を出しているのである。

「ま、俺は家で嫌というほど顔を見てるからな」

壮一郎は、娘と親友がビジネスパートナーで、自分は蚊帳の外というのが、どうやら面白くないらしい。きょうの酒席も傘寿の祝いを兼ねているのだが、乾杯の段になって、

「俺の誕生日は二カ月先だ」

と来る。しかし、そういう、いくつになっても子どもみたいに負けず嫌いなところが、内田は存外嫌いではない。もしかしたら、そんなところも、長く続く付き合いの理由かもしれない。

「それにしても、おまえ、よく継がせる気になったよな」

また、その話か。壮一郎が露骨に嫌な顔をする。息子の孝太郎のことだ。

「だから、継がせてないだろ。整形外科じゃないんだから」

「いや、開業医なんて、やるもんじゃないといってただろう」

「だから弾みで…。そしたらあいつが、じゃあ、開業させてもらうとかいいやがって」

瀬戸孝太郎が、父が閉じた整形外科医院の跡に、甲状腺専門のクリニックを開業して、五年ほどが過ぎた。いまや瀬戸クリニックは、孝太郎先生の甲状腺専門の医療機関として定着し、近ごろはどこで聞きつけたのか、かつて壮一郎の整形外科に通っていた患者が、骨粗しょう症の相談などで訪れることもあるらしい。

そのうえ、先ごろ結婚した和佳奈先生が、レディースクリニックを併設したことも評判を呼

び、瀬戸クリニックは、地域の医療拠点の一つとして、すっかり溶け込んでいるようだ。壮一郎はそれが、頼もしくもあり、また、逆に一抹の寂しさを感じたりもする。自分でも説明のつかないその心情を、おそらく内田は面白がって、会うたびに蒸し返す。それが分かっているのに、つい反応してしまうのである。

実際、開業したてのころ、壮一郎は毎日のように息子のクリニックの様子を見に行き、出入りする患者の数を物陰から数えては、一喜一憂していた。むろん極秘事項だったが、当の孝太郎によって、近辺をうろつく挙動不審な父親の姿はしばしば目撃され、家族から大ブーイングを食らった。

ただ、壮一郎にもいい分はある。医者の息子が医者になって、父親のクリニックなり病院を継ぐのはよくある話だ。整形外科のクリニックであれば、専門医の父のキャリアはきちんと息子に受け継がれ、患者も安心して通院を続けられるのだから、やきもきする必要もない。

しかし、瀬戸家は違う。壮一郎はただの一度も、そんな話を、孝太郎にすすめたことはない。無理強いどころか、こんな道もあるぞと、ほのめかすことすらなかった。だから孝太郎は、自分が医者になることなど、かつては夢にも思わなかったはずだ。ましてや開業するなんて。

「けど、俺は思ってたよ。孝ちゃんが医者になると決めたときから」

それは壮一郎が、孝太郎の父親だから。内田の決まり文句だ。人より長い時間をかけ、熟考と試練と経験を重ねながら、孝太郎自身が見出したのが、甲状腺専門の開業医の道だ。そして、科は違っても、まさしくそれは、父親の壮一郎が歩んできた道でもある。妻の綾子を亡くして以来、自らも悩み、迷う日々の中で、息子の生き方を深く理解し、尊重し、一片の疑いもなく肯定し続けてきたからこそ、切り拓かれた道なのだ。

この話の締めくくりは、こんなふうに、いつも同じである。内田は自分で蒸し返しておきながら、決まってそれを自分で回収し、そのたび二人は温かい幸福感に包まれる。だからやめられない。ところが、

「それがなあー」

きょうの壮一郎はいつもと違って、困り果てたという顔で、大きなため息をつく。

「寛太が…」

孫の寛太は去年、近県の国立大医学部に無事合格し、医者の卵として、順調なスタートを切った、はずだった。ところが、突然、その道を中断し、海外へ行くといい出したのだ。

「留学か？」

「いや…」

目的地は決まっていない。アメリカかヨーロッパか、ひょっとしたらアフリカか。なにしろ選択の条件が、「ちょっとでも英語が通じればいい」くらいにアバウトなものだそうで、

「どのくらいいるって？」

「一年か、二年か…」

期間も決めていないとなると、放浪？　漂流？　いずれにしても、いまの内田たちの想像の域を超えている。しばらく沈黙が落ちたあと、

「昔、あったたな。地球の歩き方とか」

「ああ、あった。深夜特急とか」

顔を見合わせ、互いに苦笑してから、壮一郎は真顔に戻り、

「いろんな生命体を見てみたいんだと」

「生命体？　宇宙人か？」

「馬鹿いえ…。何か、バカでかいカエルとか、アリとか、サボテンとか…」

「サボテン!?　ふーん。そうか…」

また二人、黙り込む。

寛太からその話が、初めてもたらされたときの、一家の混乱は容易に想像できる。それも、当初は、せっかく入った大学をスッパリ辞め、文字どおり退路を断って旅に挑むつもりだったようだ。幼いころから彼を知る内田にすれば、何とも寛太らしいといいたいところだが、両親にとってはとんでもない話だ。どうにも受け入れがたく、最初は怒り、次にそれが哀願に変わ

り、気を鎮めて説得を試み、なだめすかすも、息子の意志はそれこそ石のように固い。

壮一郎はその話を、寛太の妹のちひろから聞いた。父親の徹は、いまだ混乱の中にあり、母の若葉は「勝手にすればいい」と、半ばヤケクソ状態。このままでは家庭崩壊になりかねない。そこで、ついにお鉢がじいじに回ってきたというわけだ。兄貴は知ってのとおり、一度決めたら絶対にあきらめない性格だ。といって、せっかく入った医学部を中退し、これまでの努力を棒に振るなんて、当人は気が済んでも、両親の気持ちを思うと胸が痛い。お願いだからおじいちゃん、兄貴を説き伏せて、双方の妥協点と思われる休学というかたちに、何とか持ち込んでもらえないだろうか……。

家族思いの孫娘の懇願に負けて、壮一郎もしぶしぶその役を引き受けた。交渉はかなり難航し、その後一週間ほど緊張状態が続いたが、祖父と妹の地道な説得が功を奏し、寛太はやっと、中退宣言を撤回したという。ただ、その間の家の中の空気たるや、どんよりしたり、ピリピリしたりと片時も気が抜けず、すこぶる居心地が悪かったらしい。

そこまで聞いて、内田が思わず噴き出した。

「同じだな。あのときと」

孝太郎が、会社を辞めて医学部を受験するといったときだ。若葉はすでに結婚して家を出ており、父と息子の二人暮らしで、壮一郎はわざわざ内田を呼び出しては、誰にもぶつけられない思いを、容赦なく爆発させていた。けしかけたつもりは毛頭ないが、甲状腺は面白いと力説した自分にも、多少の責任はあるかと思い、あのときは内田もしおらしくしていた。しかし、

「まあ、いい出したら聞かないのは血筋だしな。よかったじゃないか、休学に落ち着いて」

と、今回は余裕である。

聞けば寛太は、旅に出ることを、かなり前から計画しており、孝太郎にだけは打ち明けていたという。親には頼りたくないからと、バイト代やこずかいをコツコツ貯めていたようだが、足りない分は「出世払い」を提案したのも孝太郎だ。若葉はそれも気に入らない。休学中の学費も含め、大幅な出資枠を割り当てられないかと、びくびくしているらしい。

「やっぱり同じだな」

「何がだよ」

壮一郎のケンカ腰には気付かぬふりで、内田は目をつぶり、腕を組み、

「好きなことをさせるのは、勇気が要るよな。親の技量が試される。どれだけ子どもを信用してやれるか…。けど、まあ、何だかんだいって、寛太も信用されてるだろう？　おまえが孝ちゃんを信じてたみたいにな」

目を開けると、壮一郎は口を真一文字に結んでいたが、その目はもう怒っていなかった。

座敷のふすまが開き、店の女将が顔をのぞかせる。

「そろそろお重をお出しできますけど」

もう二十年以上の付き合いになる、老舗うなぎ屋の二代目女将だ。確か壮一郎たちより十歳ほど年下だが、はるかに貫禄がある。振り向いた二人のなじみ客の顔を交互に見比べ、

「もうちょっと経ってからのほうがいいでしょうかしら」

女将が察したとおり、きょうは二人とも、珍しく酔いが回っている。気がつけば、卓上のウイスキーのボトルはほとんど空だ。

「とりあえず、先にお茶をお持ちしましょうか。それと、おこうこ。美味しく漬かっておりますよ。お味見してくださいな」

いいながら、早々に退散する。

「うな重か。食えるかな」

女将が立ち去ったとみて、壮一郎が弱気なことをいう。

「何だ、久々にうなぎでも食いたいというから予約したのに」

「そうなんだけどな…」

二人同時に胃のあたりをさする動作をする。

「ちょっときょうは飲み過ぎたが…。確かに最近、食欲は落ちてるな」

「うん…。嚥下もうまくいかんしな」

「消化器だけじゃない。白内障だろ。難聴だろ」

「動作も鈍くなったしな。もうゴルフも引退だ」

「眠りも浅いから、朝起きられんし」

「あと前立腺な」

「それと…。やめよう。切りがない」

内田が笑い顔でストップをかける。

「要するに、ぜんぶ落ちていく。新陳代謝も引退だ」

「また寂しいことを。けど、うまいことというな」

壮一郎の機嫌もすっかり直っている。

「T_3も、もうお呼びでないか」

「T_4もな」

「しかし、あれは結構いるんだろ？　リバースT_3ってやつ。最近は単独でも測定できるらしいな」

「お、よく勉強してますね」

「馬鹿にするな」

からかわれても、壮一郎の目は笑っている。

甲状腺ホルモンには基本的に、T_3（トリヨードサイロニン）とT_4（サイロキシン）の二種類ある。この3と4は原料となるヨード（ヨウ素）の数を表している。血液中の量はT_4が4分の3と圧倒的に多いが、働きは弱く、その分、寿命が長い。一方、T_3は、量は少ないが非常に強力で、いわば前線の実働部隊として働く。しかし、その中に、実は、三番目の甲状腺ホルモンとも呼ばれる種類があることは、あまり知られていない。それがrT_3、リバースT_3である。

T_4は、必要に応じて、4つのヨードのうちの一つを外し、強力な活性を持つT_3となり、目的の臓器の細胞にある受容体と結合してミッションを果たす。T_3は働きが強い代わりに短命で、役目を果たすとすぐに血中から消滅してしまう。実によくできたセーフティ・ネットといえるが、リバースT_3の場合、T_4からT_3へと変換されるものの、構造式がちょっと異なり、通常のT_3のような生物活性をまったく持たない。せっかくT_3になったのに、それが表裏の裏、つまりリバースした状態で、ホルモン作用がないままなのだ。

「これは私見だが…」

と前置きして、内田が語り始めた。何年かに一度、こんな場面がある。すぐにオチがつく小話みたいなのもあれば、熱のこもった長講釈が始まるときもあるが、壮一郎はともかく黙って、友の言葉を待つことに決めている。

「うまく年をとるには、甲状腺が一役買ってるんじゃないかと思う」

「また甲状腺か…」

壮一郎が恐れ入って、大きく息をつく。

「というより、俺たちは、甲状腺と一緒に年をとっていくんだ」

体内の甲状腺ホルモンは、ネガティブフィードバック機構によってコントロールされている。不足すれば、脳の視床下部からTSH放出ホルモン（TRH）、次いで下垂体から甲状腺刺激ホルモン（TSH）が分泌され、増量へと向かう。また、過剰になればそれが逆に減少へと働くという具合に、つねに一定に保つよう調整がはかられている。おそらくこの神がかりなしくみは、個々の人間が命を保持していく限り、続いていくはずだ。

しかし、人はいつか死ぬ。うがった見方をすれば、人は生まれた瞬間から、死に向かって歩みを始めているのだ。では、どんなふうに、死を迎えればいいのか。それを、やんわりと教えてくれるのもまた、ほかならぬ甲状腺かもしれない。

例えば、極端なダイエットなどが原因で、甲状腺ホルモンが低下する、低T_3症候群と呼ばれる疾患は、低下しているのに、TSHの数値も上がらないため、甲状腺の異変とはされない非甲状腺疾患の一つである。飢餓状態にあれば、エネルギーの消費を抑えるために、T_3の供給を抑える必要があるわけで、生命維持には必須の手段といえる。

同じ理屈で、甲状腺は、加齢にともなう体の変化について、徐々に省エネモードに切り替えていくきらいがある。実際、最も理想的な最期といえる『老衰死』も、甲状腺ホルモンの分泌が減っていく非甲状腺疾患とされている。臓器不全が起き、脳の機能が低下し、死への恐怖がなくなるどころか、神経伝達物質「エンドルフィン」の分泌によって、多幸感すら得られるともいわれ、それこそがまさに、甲状腺にとって最後のお役目ともいえるだろう。

「医者としては、どっちが先とはいえないけどな。甲状腺ホルモンの作用が低下し、あちこち働きが悪くなって老衰に至るのか、それとも、人生の幕をうまい具合に閉じるために、これ以上、頑張ることないから休めと、甲状腺ホルモンが下がってくるのか」

二人のように、大病もせず、比較的健康な人生を送ってきた者でも、終末に近付けば、甲状腺の役割も減ってくる。こうなれば、T_3に躍起になって働いてもらうこともない。そんなわけで、ブレーキ代わりに、リバースT_3をつくって送り出す。

「リバースT_3は、無用の用か。何か粋なことするなぁ。甲状腺」

壮一郎が珍しく感心する。

「まあ、心筋梗塞とか脳卒中とかで、逝っちまったら、老眼も難聴もないんだもんな」

「そうさ。順調に年をとるのも結構大変だ。一つ臓器がダメになっても生きていけないんだから。せいぜい無理せず、経年劣化を楽しもうや」

「何か、おまえにいわれてもなぁー。早く綾子んとこに行きたいんだけどなぁ」

「いや、これはおまえの甲状腺の代わりにいってる。第一、彼女はピカピカのまんまだぞ。いま行っても追い返されるのがオチだ」

憎まれ口が止まらない親友に、もはや壮一郎は怒る気もしない。

「あー、何だか腹が減ってきた。うな重、食おうか」

「そうだな」

内田が立ち上がって、女将に声をかけに行き、戻ってみると、壮一郎の様子がおかしい。

「どうした？」

握ったままの携帯電話をじっと見つめている。

「メールか？」

「うん。若葉から」

「何て？」

「かなちゃんが…」

「かなちゃん？　和佳奈さんか？」

「うん…。おめでただと…」

内田は大急ぎで、女将にビールの追加を頼み、まだ固まっている友の背中に呼びかけた。

「つながったな。乾杯しよう。綾子さんへの報告は、当分先だ」

ドクター甲之介の甲状腺解説

本作には、甲状腺自体の機能や、さまざまな甲状腺疾患に関する情報が登場します。そうした各話に描かれているテーマに関して、ドクター甲之介が詳しく解説していきます。

バセドウ病◆第1話

人間の体の中にウイルスなどの外敵（非自己）が侵入すると、免疫が働いて抗体が産生されます。バセドウ病は、甲状腺を敵と勘違いしてできた抗体が自分の甲状腺（自己）を刺激する「自己免疫疾患」です。

本来の甲状腺は、下垂体から分泌された甲状腺刺激ホルモン（ＴＳＨ）が甲状腺にある甲状腺刺激ホルモン受容体（ＴＳＨ受容体）に結合して、甲状腺ホルモンを産生します。ところがバセドウ病は、ＴＳＨ受容体を抗原と誤認してできた抗ＴＳＨ受容体抗体（ＴＲＡｂ）が甲状腺を刺激してホルモンを分泌してしまいます。

血液中の甲状腺ホルモンが多い状態を「甲状腺中毒症」といい、その原因としては「甲状腺機能亢進症」と「破壊性甲状腺炎」があります。

甲状腺にはホルモンを産生する工場の働きと貯蔵する倉庫の働きがあり、工場でつくられ、倉庫で蓄えられた甲状腺ホルモンが血液中に放出されます（次ページ図A）。

甲状腺機能亢進症は甲状腺ホルモンをつくる工場が過剰に働いている状態で（次ページ図B）、破壊性甲状腺炎は倉庫が破壊され、蓄えられていた甲状腺ホルモンが血液中に一気に放出された状態です（次ページ図C）。

このようにバセドウ病は、ホルモンを過剰に産生することが原因の「甲状腺機能亢進症」なのです。

症状は、橋本病でみられるびまん性甲状腺腫、易疲労感、浮腫みのほかに、甲状腺中毒症の症状として、暑がり、体重減少、汗をかきやすい、軟便、動悸などがあります。

セーフティ・ネット ◆ 第2話

人間の体には、血液中の甲状腺ホルモン濃度が一定に保てるように、何重ものセーフティ・ネットが敷かれています。

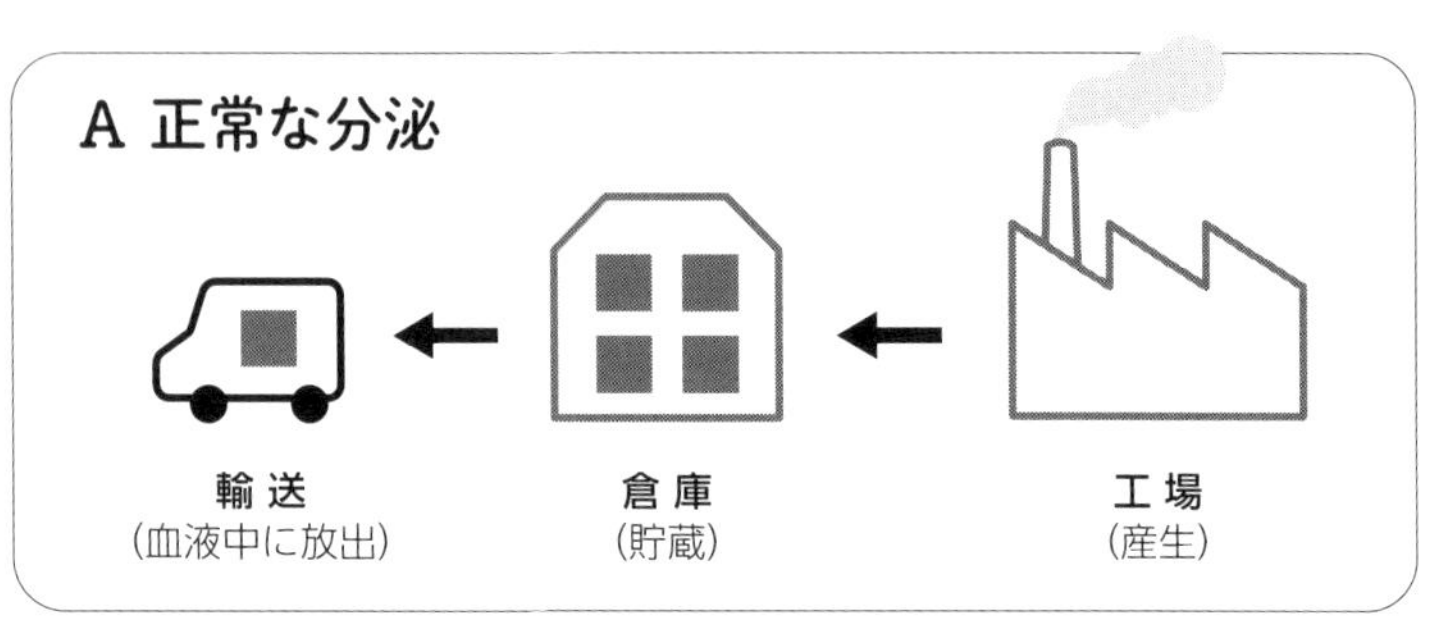
A 正常な分泌
輸 送
(血液中に放出)
倉 庫
(貯蔵)
工 場
(産生)

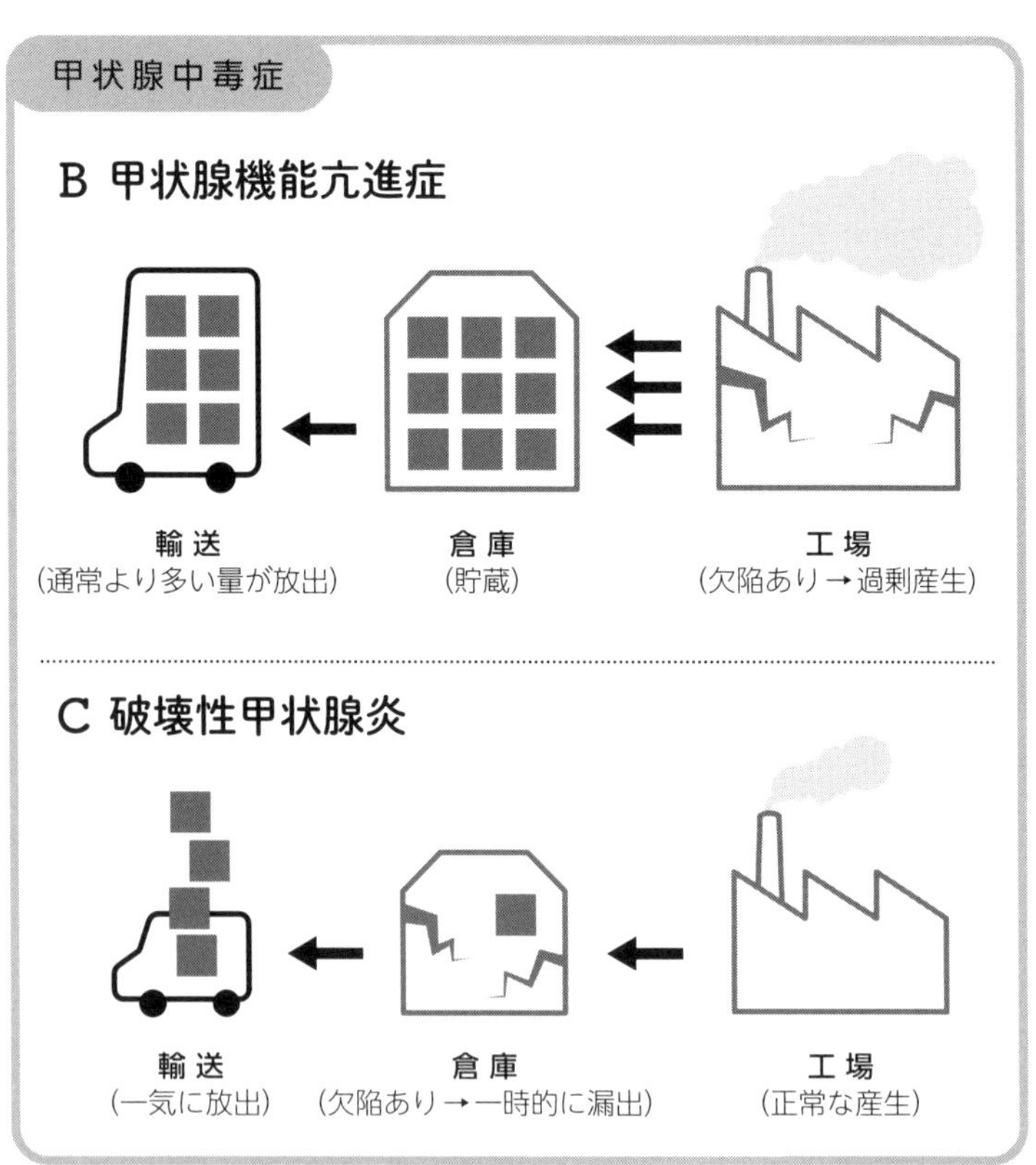
甲状腺中毒症
B 甲状腺機能亢進症
輸 送
(通常より多い量が放出)
倉 庫
(貯蔵)
工 場
(欠陥あり→過剰産生)
C 破壊性甲状腺炎
輸 送
(一気に放出)
倉 庫
(欠陥あり→一時的に漏出)
工 場
(正常な産生)

［セーフティ・ネット1］

血液中の甲状腺ホルモンは、タンパク質と結合している「タンパク質結合甲状腺ホルモン」と、結合していない「遊離甲状腺ホルモン」で構成されています。つまり、「総甲状腺ホルモン＝タンパク質結合甲状腺ホルモン＋遊離甲状腺ホルモン」ということです。

このうち、タンパク質結合甲状腺ホルモンには活性がなく、総甲状腺ホルモンの1％以下の遊離甲状腺ホルモンがホルモン作用を有しています。

心臓や肝臓などの末梢臓器で利用されて、遊離甲状腺ホルモンが減少すると、結合していたタンパク質がはずれてできた遊離甲状腺ホルモンが補充され、一定量が保たれます（次ページ上図）。

［セーフティ・ネット2］

甲状腺ホルモンには、ヨードが3個ついているトリヨードサイロニン（T_3）と、4個のサイロキシン（T_4）の2種類があります。

T_3はホルモン作用が強いが半減期が短く、反対に、T_4は作用が弱い代わりに半減期が長いという性質があります。寿命の長いT_4は長時間血液中に保管され、末梢臓器で4個あるうちの1個のヨードがはずれてT_3になり、強いホルモン作用を発揮します。この2つのホルモンがお互いの弱点を補っています（次ページ下図）。

セーフティ・ネット1

タンパク質結合
甲状腺ホルモン

遊離甲状腺ホルモン

タンパク質に包まれている甲状腺ホルモンは寝ていて、
タンパク質からはずれてできた
遊離甲状腺ホルモンだけ（1%以下）が活性化している。

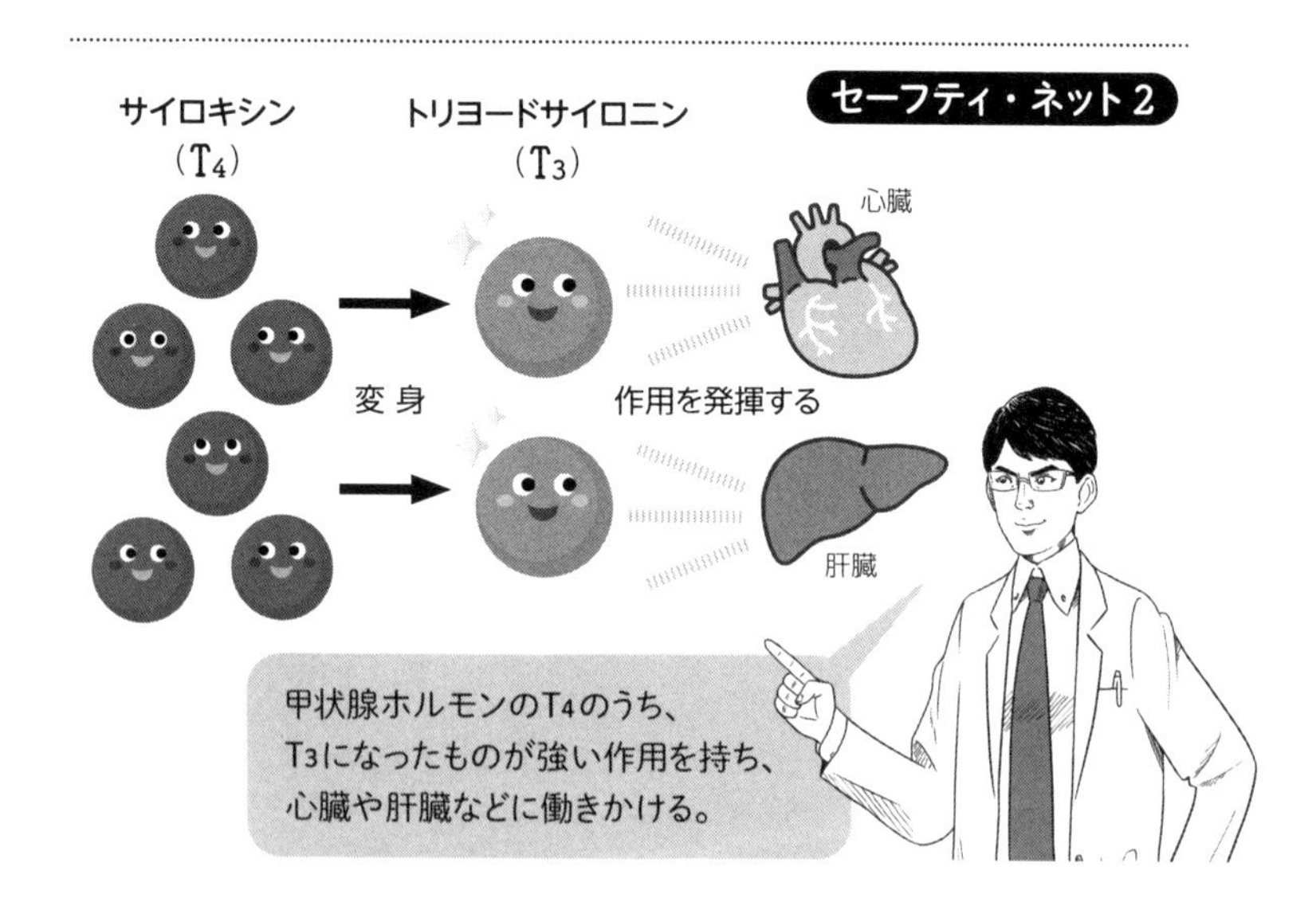

【セーフティ・ネット3】

3つめのセーフティ・ネットは、「視床下部−下垂体−甲状腺軸ネガティブフィードバック機構」です。

甲状腺ホルモンが少なくなる（甲状腺機能低下症）と視床下部からの甲状腺刺激ホルモン放出ホルモン（TRH）が増え、それが下垂体に働いてTSHを分泌させます。同時に、甲状腺機能低下症は、直接下垂体のTSH分泌を増加させます。

2つの効果で増えたTSHが、甲状腺機能低下症を是正します。反対に、甲状腺中毒症はTSHが低下して是正されます。

甲状腺乳頭がん◆第2話

甲状腺に結節（しこり）ができた状態を「結節性甲状腺腫」と呼びます。その分類方法は2つあって、「過形成か腫瘍か」と「良性か悪性か」です（次ページ表）。

過形成は本来、体に備わっているものが変化しただけなので良性です。腫瘍は、体の秩序を乱して勝手に増え続けますが、そのとき、周囲の組織に浸潤したり、ほかの臓器に転移したり、あるいはその可能性があるものが悪性、ないものが良性です。

甲状腺乳頭がんは悪性の腫瘍ですが、多くの場合、進行が遅く生命を脅かすことはありません。一般的には外科治療を行いますが、悪性度が低く、径が10㎜以下の微小がんには、手術をしないで厳重に経過観察をするという選択もあります。

結節性甲状腺腫の種類

良性／悪性	種類	過形成／腫瘍
良性	嚢胞（のうほう）	過形成
良性	腺腫様結節	過形成
良性	腺腫様甲状腺腫	過形成
良性	濾胞腺腫	腫瘍
悪性	乳頭がん	腫瘍
悪性	濾胞がん	腫瘍
悪性	低分化がん	腫瘍
悪性	髄様がん	腫瘍
悪性	未分化がん	腫瘍
悪性	悪性リンパ腫	腫瘍

変態◆第3話

人間にも、出生時に羊水に漬かっていた肺に空気が入り、呼吸を始めるという「変態」があります。

新生児は出生と同時に寒冷刺激を受け、甲状腺刺激ホルモン（TSH）が急上昇し、2～3日で元に戻ります。「TSHサージ」といって、これにより未熟だった「視床下部―下垂体―甲状腺軸ネガティブフィードバック機構」が機能し、肺呼吸が始まります。

無痛性甲状腺炎◆第4話

バセドウ病が甲状腺ホルモンをつくる工場に異常のある甲状腺機能亢進症であるのに対し、無痛性甲状腺炎は甲状腺ホルモンが貯蔵されている倉庫が壊された破壊性甲状腺炎です。

無痛性甲状腺炎の原因は免疫に関係しているといわれ、自己免疫疾患の橋本病や産後の免疫に変化が起きたときに発症しやすいのですが、原因がないことも少なからずあります。

橋本病◆第5話

橋本病は、成人女性の10人に1人が発症するといわれている頻度の高い疾患で、バセドウ病と同様に甲状腺に対する抗体ができる「自己免疫疾患」です。

しかし、その抗体は異なります。甲状腺ホルモンの産生に関与している、甲状腺ホルモンの前駆物質であるサイログロブリンや甲状腺ペルオキシダーゼという酵素に対する抗体が生じた病気で、いずれの抗体も血液検査で測定することができます。

症状は、バセドウ病と共通したびまん性甲状腺腫、易疲労感、浮腫みがありますが、甲状腺機能が低下すると、寒がり、体重増加、皮膚の乾燥、便秘や脈が遅くなるなども現れます。

ホメオスタシス ◆第6話

ホメオスタシスとは、環境が変わっても体の内部の状態を一定に保つしくみです。

例えば、動物が猛獣に襲われそうになって恐怖ストレスにさらされると、甲状腺ホルモンが増加して眼を見開き、眠らないことで、闘争あるいは逃走する準備をし、このストレスに対処します。

胎児の甲状腺ホルモン ◆第7話

胎児の成長にとって甲状腺ホルモンは欠かせないのに、胎児の甲状腺が完成するのは妊娠20週頃です。

したがって、それまでは母体から胎盤を通して供給されるので、お母さんの甲状腺ホルモンは少し多めになります。正常範囲を超えた場合は「妊娠性一過性甲状腺機能亢進症」になりますが、胎児が甲状腺ホルモンをつくりだす妊娠20週頃には治ります。

骨粗しょう症◆第8話

骨には、骨をつくる骨芽細胞と骨を壊す破骨細胞があり、骨細胞が新しくつくられ（骨形成）、古くなると壊される（骨吸収）という新陳代謝が繰り返されています。甲状腺ホルモンが減少すると、骨は新陳代謝が低下し、骨粗しょう症になります。

内分泌◆第9話

私たちの体を構成する40兆個あまりの細胞は、生命を維持するうえで内分泌系・神経系・免疫系の相互作用を受けながら、情報を送って連携しています。内分泌系の主たる情報伝達物質がホルモンです。

産生されたホルモンは、血流にのって離れた特定の細胞（標的細胞）にあるホルモン受容体に結合し、作用を発揮します。ただし、甲状腺ホルモンの標的細胞は、新陳代謝を行う細胞なので、全身の細胞になります。

心嚢液貯留◆第11話

心臓は1日約10万回も拍動しています。周囲との摩擦を少なくするため、滑らかな二重の膜に覆われ、二重の膜の間には潤滑剤の役割をする心嚢液が入っています。

甲状腺機能が著しく低下すると、心嚢液が大量に貯まり（心嚢液貯留）、心臓の動きが抑えられると心不全になります。

低T_3症候群と非甲状腺疾患◆第6話・第11話・第12話

過度なダイエット（第6話）、うつ状態（第11話）、老衰（第12話）や腎不全、肝不全、がんの末期などで全身の臓器の働きが悪くなると、それをいたわるように新陳代謝を抑える目的で甲状腺ホルモンが少なくなります。甲状腺自体の異常ではないので、甲状腺刺激ホルモン（TSH）は増加しません。

当初は遊離トリヨードサイロニン（FT_3）が低くなる「低T_3症候群」、進行して遊離サイロキシン（FT_4）も低くなると「低T_3・T_4症候群」になりますが、両者は程度の違いはあっても同じ病態なので、あわせて「非甲状腺疾患」（甲状腺疾患に非ず）といいます。

おわりに

甲状腺をテーマにした小説。世の中に二つとないであろう書籍の、本作は短編集である。前作『若葉香る――寛解のとき』の続編というかたちをとっているが、登場人物、設定とも多種多様で、それが唯一、「甲状腺」という小さな臓器でつながった、著者がいうのも変だが、何ともユニークな構成である。

バセドウ病をテーマの中心とした前作とは違い、本作には、橋本病や、甲状腺乳頭がん、無痛性甲状腺炎、あるいは非甲状腺疾患など、さまざまな疾患が登場し、各話の主人公たちはそれぞれの病や不調を抱えながら、日々を懸命に過ごしている。また、それを見守る家族、医療者も、同じように不安や葛藤に襲われ、また、希望や情愛に包まれて暮らす。人の数だけ人生があるのだと、いまさらながら気付く。

中でも、本作で最も伝えたかったことは、第12話の『オールドフレンズ』に集約されている。自分自身が老境に差しかかったいま、甲状腺の働きが、この信頼のおける臓器の、命の幕引きへの携わり方が、ますます胸に迫り、甲状腺専門医の道を選んだことに、ほのかな矜持を覚える次第である。

前作に続いて表紙の装画をお願いした平野淳子氏の作品名も、テーマにちなみ、『身体の記憶（甲状腺の死）』である。前作の『身体の記憶（甲状腺の誕生）』より静謐で穏やかな画調が、老いてなお旺盛な壮一郎たちの、これからの健やかな日々を照らすようだ。

ちなみに、前作でバセドウ病を克服した若葉は、本作では「ファルファッレ」という甲状腺関連のＮＰＯを運営し、活躍中である。ファルファッレは作成中に思い付いた、もちろん架空の団体だが、実際、日本における甲状腺疾患の患者会について調べても、発足した様子はなく、残念なところだ。

若葉から孝太郎へ、また、叔父に負けず劣らず抜群の個性を発揮する寛太へ。そして、孝太郎と和佳奈の子へ。「つながった」という内田の最後の言葉は、繰り返し生命をつなぐ甲状腺への、著者のはなむけでもある。

この物語はフィクションであり、
登場する人物・団体等は実在のものと一切関係ありません。
ただし、治療に関わる部分は、
2023年5月時点での著者の臨床経験を基に正確に記しています。

オールドフレンド　命(いのち)に寄(よ)り添(そ)う

2023年8月15日　初版第1刷

著　者――――山内泰介(やまうちたいすけ)
発行者――――松島一樹
発行所――――現代書林
〒162-0053　東京都新宿区原町3-61　桂ビル
TEL／代表　03(3205)8384
振替00140-7-42905
http://www.gendaishorin.co.jp/

装画――――平野淳子
ブックデザイン――――藤田美咲
イラスト――――株式会社ウエイド

印刷・製本　㈱シナノパブリッシングプレス
乱丁・落丁本はお取り替えいたします。

定価はカバーに
表示してあります。

ISBN978-4-7745-1978-4 C0093